CONSUELO.

NOUVEAUTÉS

RÉCEMMENT PUBLIÉES.

LA BAGUE ANTIQUE, par S. Henry Berthoud, 2 v. in 8.

LE PORTEFAIX par Touchard-Lafosse, 2 vol. in-8.

LES SOUFFRANCES ET LES AMBITIONS DE GABRIEL RUSCONNETZ, par S. Henry Berthoud, 2 vol. in-8.

LA COUPE DE CORAIL, par Madame Mélanie Waldor, 2 v. in-8

LE CAVALIER NOIR, par Madame Charlotte de Woldemar, 2 vol. in-8.

LA FÉE DES MONTAGNES, par Augustin Chaho, 2 vol. in-8.

UN LION AUX BAINS DE VICHY, par Touchard-Lafosse, 2 vol.

ANDALOUSIA, par Lottin de Laval, 2 vol. in-8.

HÉLÈNE DE POITIERS, par Touchard-Lafosse, 2 vol. in-8.

LE REMOULEUR, Roman historique inédit, par Touchard-Lafosse, 2 vol. in-8.

LES COMTES DE MONTGOMMERY, par Lottin de Laval, 2 v. in-8.

LE CABARET DE RAMPONEAU, par Amedée de Bast, 2 v. in-8.

LAGNY. — Imprimerie de Giroux et Vialat.

CONSUELO

PAR

GEORGE SAND.

Tome Premier.

PARIS.

L. DE POTTER, LIBRAIRE-ÉDITEUR

ACQUÉREUR DU CABINET LITTÉRAIRE,

Collection universelle des meilleurs Romans modernes.

Rue Saint-Jacques, 58.

1843.

1

— Oui, oui, Mesdemoiselles, hochez la tête tant qu'il vous plaira ; la plus sage et la meilleure d'entre vous, c'est..... Mais je ne veux pas le dire ; car c'est la seule de ma classe qui ait de la modestie, et je craindrais, en la nommant, de lui faire perdre à l'instant même cette rare vertu que je vous souhaite....

— *In nomine Patris*, *et Filii*, *et Spiritu sancto*, chanta la Costanza d'un air effronté.

— *Amen*, chantèrent en chœur toutes les autres petites filles.

— Vilain méchant ! dit la Clorinda en faisant une jolie moue, et en donnant un petit coup du manche de son éventail sur les doigts osseux et ridés que le maître de chant laissait dormir allongés sur le clavier muet de l'orgue.

— A d'autres! dit le vieux professeur, de l'air profondément désabusé d'un homme qui, depuis quarante ans, affronte six heures par jour toutes les agaceries et toutes les mutineries de plusieurs générations d'enfants femelles. Il n'en est pas moins vrai, ajouta-t-il en mettant ses lunettes dans leur étui et sa tabatière dans sa poche, sans lever les yeux sur l'essaim railleur et courroucé, que cette sage, cette docile, cette studieuse, cette attentive, cette bonne enfant ; ce n'est pas vous, signora Clorinda ; ni vous, signora Costanza ; ni vous non plus, signora Zulietta ; et la Rosina pas davantage, et Michela encore moins....

— En ce cas, c'est moi..... — Non, c'est moi.... — Pas du tout, c'est moi? — Moi ! — Moi ! s'écrièrent de leurs voix flûtées ou perçantes une cinquantaine de blondines ou de brunettes, en se précipitant comme une volée de mouettes crieuses sur un pauvre coquillage laissé à sec sur la grève par le retrait du flot.

Le coquillage, c'est-à-dire le maestro (et je soutiens qu'aucune métaphore ne pouvait être mieux appropriée à ses mouvements anguleux, à ses yeux nacrés, à ses pommettes tachetées de rouge, et surtout aux mille petites boucles blanches, raides et pointues de la perruque professorale) ; le maestro, dis-je, forcé par trois fois de retomber sur

la banquette après s'être levé pour partir ,
mais calme et impassible comme un coquillage bercé et endurci dans les tempêtes , se
fit longtemps prier pour dire laquelle de ses
élèves méritait les éloges dont il était toujours
si avare , et dont il venait de se montrer si
prodigue. Enfin , cédant comme à regret à
des prières que provoquait sa malice , il prit
le bâton doctoral dont il avait coutume de
marquer la mesure, et s'en servit pour séparer
et resserrer sur deux files son troupeau indisci-
pliné. Puis avançant d'un air grave entre
cette double haie de têtes légères , il alla se
poser dans le fond de la tribune de l'orgue ,
en face d'une petite personne accroupie sur
un gradin. Elle , les coudes sur ses genoux ,
les doigts dans ses oreilles pour n'être pas
distraite par le bruit, étudiait sa leçon à demi-
voix pour n'être incommode à personne, tor-
tillée et repliée sur elle—même comme un

petit singe; lui, solennel et triomphant, le
jarret et le bras tendus, semblable au berger
Pâris adjugeant la pomme, non à la plus belle,
mais à la plus sage.

—*Consuelo?* l'Espagnole? s'écrièrent tout
d'une voix les jeunes choristes, d'abord frap-
pées de surprise. Puis un éclat de rire univer-
sel, homérique, fit monter enfin le rouge de
l'indignation et de la colère au front majes-
tueux du professeur.

La petite Consuelo, dont les oreilles bou-
chées n'avaient rien entendu de tout ce dialogue, et dont les yeux distraits erraient au
hasard sans rien voir, tant elle était absorbée
par son travail, demeura quelques instants
insensible à tout ce tapage. Puis enfin, s'a-
percevant de l'attention dont elle était l'objet,
elle laissa tomber ses mains de ses oreilles sur
ses genoux, et son cahier de ses genoux à
terre; elle resta ainsi pétrifiée d'étonnement,

non confuse, mais un peu effrayée, et finit par se lever pour regarder derrière elle si quelque objet bizarre, ou quelque personnage ridicule n'était point, au lieu d'elle, la cause de cette bruyante gaîté.

— Consuelo, lui dit le maestro en la prenant par la main sans s'expliquer davantage, viens là, ma bonne fille, chante-moi le *Salve Regina* de Pergolèse, que tu apprends depuis quinze jours, et que la Clorinda étudie depuis un an.

Consuelo, sans rien répondre, sans montrer ni crainte, ni orgueil, ni embarras, suivit le maître de chant jusqu'à l'orgue, où il se rassit, et, d'un air de triomphe, donna le ton à la jeune élève. Alors Consuelo, avec simplicité et avec aisance, éleva purement, sous les profondes voûtes de la cathédrale, les accents de la plus belle voix qui les eût jamais fait retentir. Elle chanta le *Salve Re-*

gina sans faire une seule faute de mémoire, sans hasarder un son qui ne fût complètement juste, plein, soutenu ou brisé à propos; et suivant avec une exactitude toute passive les instructions que le savant maître lui avait données, rendant avec ses facultés puissantes les intentions intelligentes et droites du bon-homme, elle fit, avec l'inexpérience et l'in-souciance d'un enfant, ce que la science, l'habitude et l'enthousiasme n'eussent pas fait faire à un chanteur consommé : elle chanta avec perfection. — C'est bien, ma fille, lui dit le vieux maître toujours sobre de compliments. Tu as étudié avec attention, et tu as chanté avec conscience. La prochaine fois tu me répéteras la cantate de Scarlati que je t'ai enseignée.

— *Si, Signor professore*, répondit Con-suelo. A présent je puis m'en aller?

—Oui, mon enfant. Mesdemoiselles, la leçon est finie.

Consuelo mit dans un petit panier ses cahiers, ses crayons, et son petit éventail de papier noir, inséparable jouet de l'Espagnole aussi bien que de la Vénitienne, et dont elle ne se servait presque jamais, bien qu'elle l'eût toujours auprès d'elle. Puis elle disparut derrière les tuyaux de l'orgue, descendit avec la légèreté d'une souris l'escalier mystérieux qui ramène à l'église, s'agenouilla un instant en traversant la nef du milieu, et, au moment de sortir, trouva auprès du bénitier un beau jeune seigneur qui lui tendit le goupillon en souriant. Elle en prit; et, tout en le regardant droit au visage avec l'aplomb d'une petite fille qui ne se croit point et ne se sent point encore femme, elle mêla son signe de croix et son remercîment d'une si plaisante façon, que le jeune seigneur se prit à rire tout-à-fait. Consuelo se mit à rire aussi ; et tout-à-coup, comme si elle se fût rappelé qu'on l'attendait, elle prit sa course , et franchit le seuil de l'église , les degrés et le portique en un clin d'œil.

Cependant le professeur remettait pour la seconde fois ses lunettes dans la vaste poche de son gilet , et s'adressant aux écolières silencieuses : — Honte à vous ! mes belles demoiselles, leur disait-il. Cette petite fille , la plus jeune d'entre vous, la plus nouvelle dans ma classe , est seule capable de chanter proprement un solo ; et dans les chœurs, quelque sottise que vous fassiez autour d'elle , je la retrouve toujours aussi ferme et aussi juste qu'une note de clavecin. C'est qu'elle a du zèle, de la patience, et ce que vous n'avez pas et que vous n'aurez jamais, toutes tant que vous êtes, *de la conscience!*

—Ah ! voilà son grand mot lâché ! s'écria

la Costanza dès qu'il fut sorti. Il ne l'avait
dit que trente-neuf fois durant la leçon, et
il ferait une maladie s'il n'arrivait à la
quarantième.

— Belle merveille que cette Consuelo fasse
des progrès! dit la Zulietta. Elle est si pauvre!
elle ne songe qu'à se dépêcher d'apprendre
quelque chose pour aller gagner son pain.

— On m'a dit que sa mère était une Bohémienne, ajouta la Michelina, et que la petite
a chanté dans les rues et sur les chemins
avant de venir ici. On ne saurait nier qu'elle
a une belle voix ; mais elle n'a pas l'ombre
d'intelligence, cette pauvre enfant! Elle
apprend par cœur, elle suit servilement les
indications du professeur, et puis ses bons
poumons font le reste.

— Qu'elle ait les meilleurs poumons et la
plus grande intelligence par-dessus le marché, dit la belle Clorinda, je ne voudrais pas

lui disputer ces avantages s'il me fallait échanger ma figure contre la sienne.

— Vous n'y perdriez déjà pas tant ! reprit Costanza, qui ne mettait pas beaucoup d'entraînement à reconnaître la beauté de Clorinda.

— Elle n'est pas belle non plus, dit une autre. Elle est jaune comme un cierge pascal, et ses grands yeux ne disent rien du tout ; et puis toujours si mal habillée. Décidément c'est une laideron.

— Pauvre fille ! c'est bien malheureux pour elle, tout cela : point d'argent, et point de beauté !

C'est ainsi qu'elles terminèrent le panégyrique de Consuelo, et qu'elles se consolèrent en la plaignant, de l'avoir admirée tandis qu'elle chantait.

2

Ceci se passait à Venise il y a environ une centaine d'années, dans l'église des *Mendi-canti*, où le célèbre maestro Porpora venait d'essayer la répétition de ses grandes vêpres en musique, qu'il devait y diriger le dimanche suivant, jour de l'Assomption. Les jeunes

choristes qu'il avait si vertement gourman—
dées étaient des enfants de ces *scuole*, où elles
étaient instruites aux frais de l'Etat, pour
être par lui dotées ensuite, *soit pour le mariage*, *soit pour le cloître*, dit Jean—Jacques
Rousseau, qui admira leurs voix magnifiques
vers la même époque, dans cette même
église. Lecteur, tu ne te rappelles que trop
ces détails, et un épisode charmant raconté
par lui à ce propos dans le livre VIII des *Confessions*. Je n'aurai garde de transcrire ici ces
deux adorables pages, après lesquelles tu ne
pourrais certainement pas te résoudre à reprendre les miennes; et bien autant ferais-
je à ta place, ami lecteur. J'espère donc que
tu n'as pas en ce moment les *Confessions* sous
la main, et je poursuis mon conte.

Toutes ces jeunes personnes n'étaient pas
également pauvres, et il est bien certain
que, malgré la grande intégrité de l'admi-

nistration, quelques-unes se glissaient là,
pour lesquelles c'était plutôt une spéculation
qu'une nécessité de recevoir, aux frais de la
République, une éducation d'artiste et des
moyens d'établissement. C'est pourquoi quelques-unes se permettaient d'oublier les saintes
lois de l'égalité, grâce auxquelles on les
avait laissées s'asseoir furtivement sur les
mêmes bancs que leurs pauvres sœurs. Toutes
aussi ne remplissaient pas les vues austères
que la République avait sur leur sort futur.
Il s'en détachait bien quelqu'une de temps en
temps, qui, ayant profité de l'éducation gra-
tuite, renonçait à la dot pour chercher ailleurs une plus brillante fortune. L'administration, voyant que cela était inévitable,
avait quelquefois admis aux cours de musique les enfants des pauvres artistes dont
l'existence nomade ne permettait pas un bien
long séjour à Venise. De ce nombre était là

petite Consuelo, née en Espagne, et arrivée
de là en Italie en passant par Saint-Péters-
bourg, Constantinople, Mexico, ou Arkangel,
ou par toute autre route encore plus directe
à l'usage des seuls Bohémiens.

Bohémienne, elle ne l'était pourtant que
de profession et par manière de dire; car de
race, elle n'était ni Gitana ni Indoue, non
plus qu'Israélite en aucune façon. Elle était
de bon sang espagnol, sans doute mauresque
à l'origine, car elle était passablement brune,
et tout sa personne avait une tranquillité qui
n'annonçait rien des races vagabondes. Ce
n'est point que de ces races-là je veuille médire.
Si j'avais inventé le personnage de Consuelo,
je ne prétends point que je ne l'eusse fait sortir
d'Israël, ou de plus loin encore; mais elle
était formée de la côte d'Ismaël, tout le ré-
vélait dans son organisation. Je ne l'ai point
vue, car je n'ai pas encore cent ans, mais

on me l'a affirmé , et je n'y puis contredire.
Elle n'avait pas cette pétulance fébrile inter -
rompue par des accès de langueur apathique
qui distingue les *zingarelle*. Elle n'avait pas
la curiosité insinuante et la mendicité tenace
d'une *ebbrea* indigente. Elle était aussi calme
que l'eau des lagunes, et en même temps
aussi active que les gondoles légères qui en
sillonnent incessamment la face.

Comme elle grandissait beaucoup , et que
sa mère était fort misérable , elle portait
toujours ses robes trop courtes d'une année;
ce qui donnait à ses longues jambes de
quatorze ans , habituées à se montrer en
public , une sorte de grâce sauvage et d'al-
lure franche qui faisait plaisir et pitié à voir.
Si son pied était petit , on ne le pouvait dire,
tant il était mal chaussé. En revanche, sa
taille , prise dans des *corps* devenus trop
étroits et craqués à toutes les coutures, était

svelte et flexible comme un palmier, mais sans
forme, sans rondeur, sans aucune séduction.
La pauvre fille n'y songeait guère, habituée
qu'elle était à s'entendre traiter de *guenon*,
de *cédrat*, et de *moricaude*, par les blondes,
blanches et replètes filles de l'Adriatique.
Son visage tout rond, blême et insignifiant,
n'eût frappé personne, si ses cheveux courts,
épais et rejetés derrière ses oreilles, en même
temps que son air sérieux et indifférent à
toutes les choses extérieures, ne lui eussent
donné une certaine singularité peu agréable.
Les figures qui ne plaisent pas perdent de plus
en plus la faculté de plaire. L'être qui les
porte, indifférent aux autres, le devient à
lui-même, et prend une négligence de physionomie qui éloigne de plus en plus les regards. La beauté s'observe, s'arrange, se
soutient, se contemple et se pose pour ainsi
dire sans cesse dans un miroir imaginaire

placé devant elle. La laideur s'oublie et se
laisse aller. Cependant il en est de deux
sortes : l'une qui souffre et proteste sans
cesse contre la réprobation générale par une
habitude de rage et d'envie : ceci est la vraie,
la seule laideur ; l'autre, ingénue, insouciante,
qui prend son parti, qui n'évite et ne provoque
aucun jugement, et qui gagne le cœur tout
en choquant les yeux : c'était la laideur de
Consuelo. Les personnes généreuses qui s'in-
téressaient à elle regrettaient d'abord qu'elle
ne fût pas jolie ; et puis, se ravisant, elles
disaient, en lui prenant la tête avec cette fa-
miliarité qu'on n'a pas pour la beauté : « Eh
bien, toi, tu as la mine d'une bonne créature ; » et Consuelo était fort contente, bien
qu'elle n'ignorât point que cela voulait dire :
« Tu n'as rien de plus ».

Cependant le jeune et beau seigneur qui
lui avait offert de l'eau bénite resta auprès

de la coupe lustrale, jusqu'à ce qu'il eût vu
défiler l'une après l'autre jusqu'à la dernière
des *scolari*. Il les regarda toutes avec attention, et lorsque la plus belle, la Clorinda,
passa près de lui, il lui donna l'eau bénite
avec ses doigts, afin d'avoir le plaisir de
toucher les siens. La jeune fille rougit d'orgueil, et passa outre, en lui jetant ce regard, mêlé de honte et d'audace, qui n'est
l'expression ni de la fierté ni de la pudeur.

Dès qu'elles furent rentrées dans l'intérieur
du couvent, le galant patricien revint sous la
nef, et abordant le professeur qui descen-
dait plus lentement de la tribune : — Par le
corps de Bacchus! vous allez me dire, mon
cher maître, s'écria-t-il, laquelle de vos élèves a chanté le *Salve R gina*.

—Et pourquoi voulez-vous le savoir, comte
Zustiniani? répondit le professeur en sortant
avec lui de l'église.

—Pour vous en faire mon compliment,
reprit le patricien. Il y a longtemps que je
suis, non seulement vos vêpres, mais jusqu'à
vos exercices ; car vous savez combien je suis
dilettante de musique sacrée. Eh bien, voici
la première fois que j'entends chanter du
Pergolèse d'une manière aussi parfaite ; et
quant à la voix, c'est certainement la plus
belle que j'aie rencontrée dans ma vie.

— Par le Christ ! je le crois bien ! répliqua
le professeur en savourant une large prise de
tabac avec complaisance et dignité.

— Dites-moi donc le nom de la créature
céleste qui m'a jeté dans de tels ravissements.
Malgré vos sévérités et vos plaintes continuelles, on peut dire que vous avez fait de votre
école une des meilleures de toute l'Italie ; vos
chœurs sont excellents, et vos solos fort estima-
bles ; mais la musique que vous faites exécuter
est si grande, si austère, que bien rarement de

jeunes filles peuvent en faire sentir toutes les
beautés....

— Elles ne les font point sentir, dit le professeur avec tristesse, parce qu'elles ne les
sentent point elles-mêmes! Pour des voix
fraîches, étendues, timbrées, nous n'en manquons pas, Dieu merci ! mais pour des organisations musicales, hélas ! qu'elles sont rares
et incomplètes !

— Du moins vous en possédez une admirablement douée : l'instrument est magnifique, le sentiment parfait, le savoir remarquable. Nommez-la-moi donc.

—N'est-ce pas, dit le professeur en éludant
la question, qu'elle vous a fait plaisir ?

—Elle m'a pris au cœur, elle m'a arraché
des larmes, et par des moyens si simples,
par des effets si peu cherchés, que je n'y
comprenais rien d'abord. Et puis, je me suis
rappelé ce que vous m'avez dit tant de fois

en m'enseignant votre art divin, ô mon cher maître! et pour la première fois, moi j'ai compris combien vous aviez raison.

—Et qu'est-ce que je vous disais? reprit encore le maestro d'un air de triomphe.

— Vous me disiez, répondit le comte, que le grand, le vrai, le beau dans les arts, c'était le simple.

— Je vous disais bien aussi qu'il y avait le *brillant*, le *cherché*, l'*habile*, et qu'il y avait souvent lieu d'applaudir et de remarquer ces qualités-là?

—Sans doute; mais de ces qualités secondaires à la vraie manifestation du génie, il y a un abîme, disiez-vous. Eh bien, cher maître! votre cantatrice est seule d'un côté; et toutes les autres sont en deçà.

— C'est vrai, et c'est bien dit, observa le professeur se frottant les mains.

—Son nom? reprit le comte.

— Quel nom ? dit le malin professeur.

— Et, *per Dio santo !* celui de la sirène ou plutôt de l'archange que je viens d'entendre.

— Et qu'en voulez-vous faire de son nom, seigneur comte? répliqua le Porpora d'un ton sévère.

—Monsieur le professeur, pourquoi voulez-vous m'en faire un secret?

— Je vous dirai pourquoi, si vous commencez par me dire à quelles fins vous le demandez si instamment.

—N'est-ce pas un sentiment bien naturel et véritablement irrésistible, que celui qui nous pousse à connaître, à nommer et à voir les objets de notre admiration ?

Eh bien ! ce n'est pas là votre seul motif ; laissez-moi, cher comte, vous donner ce démenti. Vous êtes grand amateur, et bon connaisseur en musique, je le sais : mais vous êtes, par-dessus tout, propriétaire du théâtre

San-Samuel. Vous mettez votre gloire, encore plus que votre intérêt, à attirer les plus beaux talents et les plus belles voix d'Italie. Vous savez bien que nous donnons des bonnes leçons ; que chez nous seulement se font les fortes études, et se forment les grandes musiciennes. Vous nous avez déjà enlevé la Corilla ; et comme elle vous sera peut-être enlevée au premier jour par un engagement avec quelque autre théâtre, vous venez rôder autour de notre école, pour voir si nous ne vous avons pas formé quelque nouvelle Corilla que vous vous tenez prêt à capturer..... Voilà la vérité, monsieur le comte : avouez que j'ai dit la vérité.

— Et quand cela serait, cher maestro, répondit le comte en souriant, que vous importe, et quel mal y trouvez-vous ?

— J'en trouve un fort grand, seigneur

comte; c'est que vous corrompez, vous perdez ces pauvres créatures.

— Ah ça, comment l'entendez-vous, farouche professeur? Depuis quand vous faites-vous le père gardien de ces vertus fragiles?

— Je l'entends comme il faut, monsieur le comte, et ne me soucie ni de leur vertu, ni de leur fragilité; mais je me soucie de leur talent, que vous dénaturez et que vous avilissez sur vos théâtres, en leur donnant à chanter la musique vulgaire et de mauvais goût. N'est-ce point une désolation, une honte de voir cette Corilla, qui commençait à comprendre grandement l'art sérieux, descendre du sacré au profane, de la prière au badinage, de l'autel au tréteau, du sublime au ridicule, d'Allegri et de Palestrina à Albinoni et au barbier Apollini?

— Ainsi, vous refusez dans votre rigorisme, de me nommer cette fille, sur laquelle je ne puis avoir des vues, puisque j'ignore si elle possède d'ailleurs les qualités requises pour le théâtre?

— Je m'y refuse absolument.

— Et vous pensez que je ne le découvrirai pas?

Hélas! vous le découvrirez, si telle est votre détermination : mais je ferai tout mon possible pour vous empêcher de nous l'enlever.

Eh bien, maître, vous êtes déjà à moitié vaincu; car je l'ai vue, je l'ai devinée, je l'ai reconnue, votre divinité mystérieuse.

— Oui dà? dit le maître d'un air méfiant et réservé; en êtes-vous bien sûr?

— Mes yeux et mon cœur me l'ont révélée, et je vais vous faire son portrait pour vous en convaincre. Elle est grande : c'est, je crois, la plus grande de toutes vos élèves; elle est blanche comme la neige du Frioul, et rose comme l'horizon au matin d'un beau jour; elle a des cheveux dorés, des yeux d'azur, un aimable embonpoint, et porte au doigt un petit rubis qui m'a brûlé en effleurant ma main comme l'étincelle d'un feu magique.

— Bravo! s'écria le Porpora d'un air narquois. Je n'ai rien à vous cacher, en ce cas; et le nom de cette beauté, c'est la Clorinda. Allez donc lui faire vos offres séduisantes; donnez-lui de l'or, des diamants et des chiffons. Vous l'engagerez facilement dans votre troupe, et elle pourra peut-être vous remplacer la Corilla; car le public de vos théâtres préfère aujourd'hui de belles épaules à de beaux sons, et des yeux hardis à une intelligence élevée.

—Me serais-je donc trompé, mon cher maître? dit le comte un peu confus; la Clorinda ne serait-elle qu'une beauté vulgaire?

— Et si ma sirène, ma divinité, mon archange, comme il vous plaît de l'appeler, n'était rien moins que belle? reprit le maître avec malice.

— Si elle était difforme, je vous supplierais de ne jamais me la montrer, car mon illusion serait trop cruellement détruite. Si elle était seulement laide, je pourrais l'adorer encore; mais je ne l'engagerais pas pour le théâtre, parce que le talent sans la beauté n'est parfois qu'un malheur, une lutte, un supplice pour une femme. Que regardez-vous, maestro, et pourquoi vous arrêtez-vous ainsi?

— Nous voici à l'embarcadère où se tiennent les gondoles, et je n'en vois aucune. Mais vous, comte, que regardez-vous ainsi par là?

— Je regarde si ce jeune gars, que vous voyez assis sur les degrés de l'embarcadère auprès d'une petite fille assez vilaine, n'est point mon protégé Anzoleto, le plus intelligent et le plus joli de nos petits plébéiens. Regardez-

le, cher maestro, ceci vous intéresse comme
moi. Cet enfant a la plus belle voix de ténor
qui soit dans Venise ; il a un goût passionné
pour la musique et des dispositions incroya-
bles. Il y a longtemps que je veux vous parler de lui et vous prier de lui donner des leçons.
Celui-là, je le destine véritablement à soutenir le succès de mon théâtre, et dans quelques années, j'espère être bien récompensé
de mes soins. Holà, Zoto ! viens ici, mon
enfant, que je te présente à l'illustre maître
Porpora.

Anzoleto tira ses jambes nues de l'eau, où
elles pendaient avec insouciance, tandis
qu'il s'occupait à percer d'une grosse aiguille
ces jolis coquillages qu'on appelle poétique-
ment à Venise *fiori di mare*. Il avait pour tout
vêtement une culotte fort râpée et une che-
mise assez fine, mais fort déchirée, à travers
laquelle on voyait ses épaules blanches et

modelées comme celles d'un petit Bacchus antique. Il avait effectivement la beauté grecque
d'un jeune faune, et sa physionomie offrait
le mélange singulier, mais bien fréquent
dans ces créations de la statuaire païenne,
d'une mélancolie rêveuse et d'une ironique
insouciance. Ses cheveux crépus, bien que
fins, d'un blond vif un peu cuivré par le soleil, se roulaient en mille boucles épaisses et
courtes autour de son cou d'albâtre. Tous ses
traits étaient d'une perfection incomparable;
mais il y avait, dans le regard pénétrant de
ses yeux noirs comme l'encre, quelque chose
de trop hardi qui ne plut pas au professeur.
L'enfant se leva bien vite à la voix de Zustiniani, jeta tous ses coquillages sur les genoux de la petite fille assise à côté de lui, et
tandis que celle-ci, sans se déranger, conti-
nuait à les enfiler et à les entremêler de
petites perles d'or, il s'approcha, et vint baiser

la main du comte, à la manière du pays.

— Voici en effet un beau garçon, dit le professeur en lui donnant une petite tape sur la joue. Mais il me paraît occupé à des amusements bien puérils pour son âge : car enfin il a bien dix-huit ans, n'est-ce pas ?

— Dix-neuf bientôt, *sior profesor*, répondit Anzoleto dans le dialecte vénitien ; mais si je m'amuse avec des coquilles, c'est pour aider la petite Consuelo qui fabrique des colliers.

— Consuelo, répondit le maître en se rapprochant de son élève avec le comte et Anzoleto, je ne croyais pas que tu eusses le goût de la parure.

— Oh ! ce n'est pas pour moi, monsieur le professeur, répondit Consuelo en se levant à demi avec précaution pour ne pas faire tomber dans l'eau les coquilles entassées dans son tablier; c'est pour le vendre, et pour acheter du riz et du maïs.

— Elle est pauvre, et elle nourrit sa mère, dit le Porpora. Écoute, Consuelo : quand vous êtes dans l'embarras, ta mère et toi, il faut venir me trouver; mais je te défends de mendier, entends-tu bien?

— Oh! vous n'avez que faire de le lui défendre, *sior profesor*, répondit vivement Anzoleto; elle ne le ferait pas; et puis, moi, je l'en empêcherais.

— Mais toi, tu n'as rien? dit le comte.

— Rien que vos bontés, seigneur illustrissime; mais nous partageons, la petite et moi.

— Elle est donc ta parente?

— Non, c'est une étrangère, c'est Consuelo.

— Consuelo? quel nom bizarre! dit le comte.

— Un beau nom, illustrissime, reprit Anzoleto; cela veut dire consolation.

— A la bonne heure. Elle est ton amie, à ce qu'il me semble?

— Elle est ma fiancée, seigneur.

— Déjà? Voyez ces enfants qui songent déjà au mariage!

— Nous nous marierons le jour où vous signerez mon engagement au théâtre de San-Samuel, illustrissime.

— En ce cas, vous attendrez encore long-temps, mes petits.

— Oh! nous attendrons, dit Consuelo avec le calme enjoué de l'innocence.

Le comte et le maestro s'égayèrent quelques moments de la candeur et des reparties de ce jeune couple; puis, ayant donné rendez-vous à Anzoleto pour qu'il fît entendre sa voix au professeur le lendemain, il s'éloignèrent, le laissant à ses graves occupations.

— Comment trouvez-vous cette petite fille? dit le professeur à Zustiniani.

—Je l'avais vue déjà, il n'y a qu'un instant, et je la trouve assez laide pour justifier l'axiome qui dit : Aux yeux d'un homme de dix-huit ans , tout femme semble belle.

—C'est bon, répondit le professeur; maintenant je puis donc vous dire que votre divine cantatrice, votre sirène , votre mystérieuse beauté, c'était Consuelo.

—Elle! ce sale enfant? cette noire et maigre sauterelle? impossible, maestro!

— Elle-même, seigneur comte. Ne ferait-elle pas une *prima-donna* bien séduisante?

Le comte s'arrêta , se retourna , examina encore de loin Consuelo, et joignant les mains avec un désespoir assez comique :

— Juste ciel ! s'écria-t-il , peux-tu faire des semblables méprises , et verser le feu du génie dans des têtes si mal ébauchées !

— Ainsi, vous renoncez à vos projets coupables? dit le professeur.

— Bien certainement.

— Vous me le promettez? ajouta le Porpora.

— Oh! je vous le jure, répondit le comte.

3

Éclos sous le ciel de l'Italie, élevé par hasard comme un oiseau des rivages, pauvre, orphelin, abandonné, et cependant heureux dans le présent et confiant dans l'avenir comme un enfant de l'amour qu'il était sans doute, Anzoleto, ce beau garçon de dix-neuf ans,

qui passait tous ses jours auprès de la petite
Consuelo, dans la plus complète liberté, sur
le pavé de Venise, n'en était pas, comme on
peut le croire, à ses premières amours. Initié
aux voluptés faciles qui s'étaient offertes à
lui plus d'une fois, il eût été usé déjà et cor-
rompu peut-être, s'il eût vécu dans nos tristes
climats, et si la nature l'eût doué d'une organisation moins riche. Mais, développé de
bonne heure et destiné à une longue et puissante virilité, il avait encore le cœur pur et
les sens contenus par la volonté. Le hasard
lui avait fait rencontrer la petite Espagnole
devant les Madonettes, chantant des canti-
ques par dévotion; et lui, pour le plaisir
d'exercer sa voix, il avait chanté avec elle
aux étoiles durant des soirées entières. Et
puis ils s'étaient rencontrés sur les sables du
Lido, ramassant des coquillages, lui pour
les manger, elle pour en faire des chapelets

et des ornements. Et puis encore ils s'étaient
rencontrés à l'église, elle priant le bon Dieu
de tout son cœur, lui regardant les belles
dames de tous ses yeux. Et dans toutes ces
rencontres, Consuelo lui avait semblé si bonne,
si douce, si obligeante, si gaie, qu'il s'était
fait son ami et son compagnon inséparable,
sans trop savoir pourquoi ni comment. Anzoleto ne connaissait encore de l'amour que le
plaisir. Il éprouva de l'amitié pour Consuelo;
et comme il était d'un pays et d'un peuple où
les passions règnent plus que les attaché-
ments, il ne sut point donner à cette amitié
un autre nom que celui d'amour. Consuelo
accepta cette façon de parler, après qu'elle
eut fait à Anzoleto l'objection suivante :
« Si tu te dis mon amoureux, c'est donc
que tu veux te marier avec moi ? » et qu'il
lui eut répondu : « Bien certainement, si
tu le veux, nous nous marierons ensemble. »

Ce fut dès lors une chose arrêtée. Peut-être qu'Anzoleto s'en fit un jeu, tandis que Consuelo y crut de la meilleure foi du monde. Mais il est certain que déjà ce jeune cœur éprouvait ces sentiments contraires et ces émotions compliquées qui agitent et désunissent l'existence des hommes blasés.

Abandonné à des instincts violents, avide de plaisirs, n'aimant que ce qui servait à son bonheur, haïssant et fuyant tout ce qui s'opposait à sa joie, artiste jusqu'aux os, c'est-à-dire cherchant et sentant la vie avec une intensité effrayante, il trouva que ses maîtresses lui imposaient les souffrances et les dangers de passions qu'il n'éprouvait pas profondément. Cependant il les voyait de temps en temps, rappelé par ses désirs, repoussé bientôt après par la satiété ou le dépit. Et quand cet étrange enfant avait ainsi dépensé sans idéal et sans dignité l'excès de sa

vie, il sentait le besoin d'une société douce
et d'une expansion chaste et sereine. Il eût pu
dire déjà, comme Jean-Jacques : « Tant il est
vrai que ce qui nous attache le plus aux femmes est moins la débauche qu'un certain agrément de vivre auprès d'elles ! » Alors, sans
se rendre compte du charme qui l'attirait
vers Consuelo, n'ayant guère encore le sens
du beau, et ne sachant si elle était laide ou
jolie, enfant lui-même au point de s'amuser
avec elle de jeux au-dessous de son âge, homme au point de respecter scrupuleusement ses
quatorze ans, il menait avec elle, en public,
sur les marbres et sur les flots de Venise, une
vie aussi heureuse, aussi pure, aussi cachée,
et presque aussi poétique que celle de Paul
et Virginie sous les pamp'emousses du désert.
Quoiqu'ils eussent une liberté plus absolue et
plus dangereuse, point de famille, point de
mères vigilantes et tendres pour les former à

la vertu, point de serviteur dévoué pour les
chercher le soir et les ramener au bercail, pas
même un chien pour les avertir du danger, ils
ne firent aucun genre de chute. Ils coururent
les lagunes en barque découverte, à toute
heure et par tous les temps, sans rames et
sans pilote ; ils errèrent sur les paludes sans
guide, sans montre, et sans souci de la marée
montante ; ils chantèrent devant les chapelles
dressées sous la vigne au coin des rues, sans
songer à l'heure avancée et sans avoir besoin d'autre lit jusqu'au matin que la dalle
blanche encore tiède des feux du jour. Ils s'ar-
rêtèrent devant le théâtre de Pulcinella, et
suivirent avec une attention passionnée le
drame fantastique de la belle Corisande, reine
des marionnettes, sans se rappeler l'absence
du déjeuner et le peu de probabilité du souper.
Ils se livrèrent aux amusements effrénés du
carnaval, ayant pour tout déguisement et

pour toute parure , lui sa veste retournée à l'envers , elle un gros nœud de vieux rubans sur l'oreille. Ils firent des repas somptueux sur la rampe d'un pont , ou sur les marches d'un palais avec des fruits de mer (1) ; des tiges de fenouil cru, ou des écorces de cédrat. Enfin ils menèrent joyeuse et libre vie, sans plus de caresses périlleuses ni de sentiments amoureux que n'en eussent échangé deux honnêtes enfants du même âge et du même sexe. Les jours , les années s'écoulèrent. Anzoleto eut d'autres maîtresses ; Consuelo ne sut pas même qu'on pût avoir d'autres amours que celui dont elle était l'objet. Elle devint une jeune fille sans se croire obligée à plus de réserve avec son fiancé ; et lui la vit grandir et se transformer , sans éprouver d'impatience et sans désirer de changement

(1) Diverses sortes de coquillages très grossiers et à fort bas prix dont le peuple de Venise est friand.

à cette intimité sans nuage , sans scrupule,
sans mystère, et sans remords.

Il y avait quatre ans déjà que le professeur
Porpora et le comte Zustiniani s'étaient
mutuellement présenté leurs *petits mu-
siciens*, et, depuis ce temps, le comte
n'avait plus pensé à la jeune chanteuse de
musique sacrée; depuis ce temps, le professeur avait également oublié le bel Anzoleto,
vu qu'il ne l'avait trouvé, après un premier
examen, doué d'aucune des qualités qu'il
exigeait dans un élève : d'abord une nature
d'intelligence sérieuse et patiente, ensuite
une modestie poussée jusqu'à l'annihilation
de l'élève devant les maîtres, enfin une absence complète d'études musicales anté eu-
res à celle qu'il voulait donner lui-même. « Ne
me parlez jamais, disait-il, d'un écolier dont
le cerveau ne soit pas sous ma volonté comme
une table rase, comme une cire vierge où je

puisse jeter la première empreinte. Je n'ai
pas le temps de consacrer une année à faire
désapprendre avant de commencer à montrer. Si vous voulez que j'écrive sur une ar-
doise, présentez-la-moi nette. Ce n'est pas
tout, donnez-la-moi de bonne qualité. Si
elle est trop épaisse, je ne pourrai l'entamer;
si elle est trop mince, je la briserai au premier trait. » En somme, bien qu'il reconnût
les moyens extraordinaires du jeune Anzoleto, il déclara au comte, avec quelque humeur et avec une ironique humilité à la fin
de la première leçon, que sa méthode n'était
pas le fait d'un élève déjà si avancé, et que
le premier maître venu *suffirait pour em-
barrasser et retarder les progrès naturels et
le développement invincible de cette magnifique organisation.*

Le comte envoya son protégé chez le professeur Mellifiore, qui de roulade en cadence,

et de trilles en grupetti, le conduisit à l'en-
tier développement de ses qualités brillantes;
si bien que lorsqu'il eut vingt-trois ans ac-
complis, il fut jugé, par tous ceux qui l'en-
tendirent dans le salon du comte, capable de
débuter à San-Samuel avec un grand succès
dans les premiers rôles.

Un soir, toute la noblesse dilettante, et
tous les artistes un peu renommés qui se trouvaient à Venise furent priés d'assister à une
épreuve finale et décisive. Pour la première
fois de sa vie, Anzoleto quitta sa souquenille
plébéienne, endossa un habit noir, une veste
de satin, releva et poudra ses beaux cheveux,
chaussa des souliers à boucles, prit un main-
tien composé, et se glissa sur la pointe du
pied jusqu'à un clavecin, où, à la clarté de
cent bougies, et sous les regards de deux ou
trois cents personnes, il suivit des yeux la
ritournelle, enflamma ses poumons, et se

lança, avec son audace, son ambition et son
ut de poitrine, dans cette carrière périlleuse
où, non pas un jury, non pas un juge, mais
tout un public, tient d'une main la palme et
de l'autre le sifflet.

Si Anzoleto était ému intérieurement, il ne
faut pas le demander ; cependant il y parut
fort peu, et à peine ses yeux perçants, qui in-
terrogeaient à la dérobée ceux des femmes,
eurent-ils deviné cette approbation secrète
qu'on refuse rarement à un aussi beau jeune
homme, à peine les amateurs, surpris d'une
telle puissance de timbre et d'une telle facilité de vocalisation, eurent-ils fait entendre
autour d'eux des murmures favorables, que
la joie et l'espoir inondèrent tout son être. Alors
aussi, pour la première fois de sa vie, Anzoleto,
jusque là vulgairement compris et vulgairement enseigné, sentit qu'il n'était point un
homme vulgaire, et transporté par le besoin

et le sentiment du triomphe, il chanta avec une énergie, une originalité et une verve remarquables. Certes, son goût ne fut pas toujours pur, ni son exécution sans reproche dans toutes les parties du morceau ; mais il sut toujours se relever par des traits d'audace, par des éclairs d'intelligence et des élans d'enthousiasme. Il manqua des effets que le compositeur avait ménagés ; mais il en trouva d'autres auxquels personne n'avait songé, ni l'auteur qui les avait tracés, ni le professeur qui les avait interprétés, ni aucun des virtuoses qui les avaient rendus. Ces hardiesses saisirent et enlevèrent tout le monde. Pour une innovation, on lui pardonna dix maladresses; pour un sentiment individuel, dix rébellions contre la méthode. Tant il est vrai qu'en fait d'art, le moindre éclair de génie, le moindre essor vers de nouvelles conquêtes, exerce sur les hommes plus de fascination que toutes les ressources et toutes les lumières de la science dans les limites du connu.

Personne peut-être ne se rendit compte des causes, et personne n'échappa aux effets de cet enthousiasme. La Corilla venait d'ouvrir la séance par un grand air bien chanté et vivement applaudi ; cependant le succès qu'obtint le jeune débutant effaça tellement le sien qu'elle en ressentit un mouvement de rage. Mais au moment où Anzoleto, accablé de louanges et de caresses, revint auprès du clavecin où elle était assise, il lui dit en se penchant vers elle avec un mélange de soumission et d'audace : « Et vous, reine du chant, reine de la beauté, n'avez-vous pas un regard d'encouragement pour le pauvre malheureux qui vous craint et qui vous adore ? »

La prima-donna, surprise de tant de hardiesse, regarda de près ce beau visage qu'elle avait à peine daigné apercevoir ; car quelle femme vaine et triomphante daignerait faire attention à un enfant obscur et pauvre ? Elle le remarqua enfin ; elle fut frappée de sa beauté : son regard plein de feu pénétra en elle, et, vaincue, fascinée à son tour, elle laissa tomber sur lui une longue et profonde œillade qui fut comme le scel apposé sur son brevet de célébrité. Dans cette mémorable soirée, Anzoleto avait dominé son public et désarmé son plus redoutable ennemi ; car la belle cantatrice n'était pas seulement reine sur les planches, mais encore à l'administration et dans le cabinet du comte Zustiniani.

4

Au milieu des applaudissements unanimes,
et même un peu insensés, que la voix et la
manière du débutant avaient provoqués, un
seul auditeur, assis sur le bord de sa chaise,
les jambes serrées et les mains immobiles
sur ses genoux, à la manière des dieux égyp-

tiens, restait muet comme un sphynx et mystérieux comme un hiéroglyphe : c'était le
savant professeur et compositeur célèbre,
Porpora. Tandis que son galant collègue, le
professeur Mellifiore, s'attribuant tout l'honneur du succès d'Anzoleto, se pavanait
auprès des femmes, et saluait tous les hommes avec souplesse pour remercier jusqu'à
leurs regards, le maître du chant sacré se
tenait là les yeux à terre, les sourcils fron-
cés, la bouche close, et comme perdu dans
ses réflexions. Lorsque toute la société qui
était priée ce soir-là à un grand bal chez la
dogaresse, se fut écoulée peu à peu, et que
les dilettanti les plus chauds restèrent seulement avec quelques dames et les principaux
artistes autour du clavecin, Zustiniani s'approcha du sévère maestro.

— C'est trop bouder contre les modernes,
mon cher professeur, lui dit-il, et votre si-

lence ne m'en impose point. Vous voulez
jusqu'au bout fermer vos sens à cette musique profane et à cette manière nouvelle qui
nous charment. Votre cœur s'est ouvert malgré vous, et vos oreilles ont reçu le venin de
la séduction.

— Voyons, *sior profesor*, dit en dialecte
la charmante Corilla, reprenant avec son
ancien maître les manières enfantines de la
scuola, il faut que vous m'accordiez une
grâce....

— Loin de moi, malheureuse fille! s'é-
cria le maître, riant à demi, et résistant avec
un reste d'humeur aux caresses de son in-
constante élève. Qu'y a-t-il désormais de
commun entre nous? Je ne te connais plus.
Porte ailleurs tes beaux sourires et tes ga-
zouillements perfides.

— Le voilà qui s'adoucit, dit la Corilla
en prenant d'une main le bras du débutant,

sans cesser de chiffonner de l'autre l'ample
cravate blanche du professeur. Viens ici,
Zoto (1), et plie le genou devant le plus
savant maître de chant de toute l'Italie. Hu-
milie-toi, mon enfant, et désarme sa rigueur.
Un mot de lui, si tu peux l'obtenir, doit avoir
plus de prix pour toi que toutes les trom-
pettes de la renommée.

— Vous avez été bien sévère pour moi,
monsieur le professeur, dit Anzoleto en s'in-
clinant devant lui avec une modestie un peu
railleuse; cependant mon unique pensée,
depuis quatre ans, a été de vous faire révo-
quer un arrêt bien cruel; et si je n'y suis
pas parvenu ce soir, j'ignore si j'aurai le
courage de reparaître devant le public,
chargé comme me voilà de votre anathème.

— Enfant, dit le professeur en se levant

(1) Contraction d'*Anzoleto*, qui est le diminutif d'*An-
gelo*, *Anzolo* en dialecte.

avec une vivacité et en parlant avec une con-
viction qui le rendirent noble et grand, de
crochu et maussade qu'il semblait à l'ordinaire, laisse aux femmes les mielleuses et
perfides paroles. Ne t'abaisse jamais au langage de la flatterie, même devant ton supérieur, à plus forte raison devant celui dont
tu dédaignes intérieurement le suffrage. Il y
a une heure tu étais là-bas dans ce coin, pauvre, ignoré, craintif ; tout ton avenir tenait
à un cheveu, à un son de ton gosier, à un
instant de défaillance dans tes moyens, à un
caprice de ton auditoire. Un hasard, un
effort, un instant, t'ont fait riche, célèbre,
insolent. La carrière est ouverte, tu n'as
plus qu'à y courir tant que tes forces t'y sou-
tiendront. Ecoute donc ; car pour la première fois, pour la dernière peut-être, tu
vas entendre la vérité. Tu es dans une mauvaise voie, tu chantes mal, et tu aimes la

mauvaise musique. Tu ne sais rien, tu n'as rien étudié à fond. Tu n'as que de l'exercice et de la facilité. Tu te passionnes à froid; tu sais roucouler, gazouiller comme ces demoiselles gentilles et coquettes auxquelles on pardonne de minauder ce qu'elles ne savent pas chanter. Mais tu ne sais point phraser, tu prononces mal, tu as un accent vulgaire, un style faux et commun. Ne te décourage pas pourtant; tu as tous ces défauts, mais tu as de quoi les vaincre; car tu as les qualités que ne peuvent donner ni l'enseignement ni le travail; tu as ce que ne peuvent faire perdre ni les mauvais conseils ni les mauvais exemples, tu as le feu sacré... tu as le génie!... Hélas! un feu qui n'éclairera rien de grand, un génie qui demeurera stérile... car, je le vois dans tes yeux, comme je l'ai senti dans ta poitrine, tu n'as pas le culte de l'art, tu n'as pas de foi pour les grands maîtres, ni de respect pour les grandes créations; tu aimes la gloire, rien que la gloire, et pour toi seul... Tu aurais pu... tu pourrais,.... Mais non, il est trop tard, ta destinée sera la course d'un météore, comme celle de.....

Et le professeur enfonçant brusquement son chapeau sur sa tête, tourna le dos, et s'en alla sans saluer personne, absorbé qu'il était dans le développement intérieur de son énigmatique sentence.

Quoique tout le monde s'efforçât de rire des bizarreries du professeur, elles laissèrent une impression pénible et comme un sentiment de doute et de tristesse durant quelques instants. Anzoleto fut le premier qui parut n'y plus songer, bien qu'elles lui eussent causé une émotion profonde de joie, d'orgueil, de colère et d'émulation dont toute sa vie devait être désormais la conséquence.

Il parut uniquement occupé de plaire à la
Corilla ; et il sut si bien le lui persuader,
qu'elle s'éprit de lui très sérieusement à
cette première rencontre. Le comte Zustiniani n'était pas fort jaloux d'elle, et peut-
être avait-il ses raisons pour ne pas la gêner
beaucoup. De plus, il s'intéressait à la gloire
et à l'éclat de son théâtre plus qu'à toute
chose au monde ; non qu'il fût *vilain* à l'en-
droit des richesses, mais parce qu'il était vraiment fanatique de ce qu'on appelle les *beaux-
arts*. C'est, selon moi, une expression qui
convient à un certain sentiment vulgaire,
tout italien et par conséquent passionné
sans beaucoup de discernement. Le *culte de
l'art*, expression plus moderne, et dont tout
le monde ne se servait pas il y a cent ans, a
un sens tout autre que le *goût des beaux-arts*.
Le comte était en effet *homme de goût* comme
on l'entendait alors, amateur, et rien de plus.

Mais la satisfaction de ce goût était la plus grande affaire de sa vie. Il aimait à s'occuper du public et à l'occuper de lui ; à fréquenter les artistes, à régner sur la mode, à faire parler de son théâtre, de son luxe, de son amabilité, de sa magnificence. Il avait, en un mot, la passion dominante des grands seigneurs de province, l'ostentation. Posséder et diriger un théâtre était le meilleur moyen de contenter et de divertir toute la ville. Plus heureux encore s'il eût pu faire asseoir toute la république à sa table ! Quand des étrangers demandaient au professeur Porpora ce que c'était que le comte Zustiniani, il avait coutume de répondre : C'est un homme qui aime à régaler, et qui sert de la musique sur son théâtre comme des faisans sur sa table.

Vers une heure du matin on se sépara. — Anzolo, dit la Corilla, qui se trouvait seule avec lui dans une embrasure du balcon, où demeures-tu ? A cette question inattendue, Anzoleto se sentit rougir et pâlir presque simultanément ; car comment avouer à cette merveilleuse et opulente beauté qu'il n'avait quasi ni feu ni lieu ? Encore cette réponse eût-elle été plus facile à faire que l'aveu de la misérable tanière où il se retirait les nuits u'il ne passait pas par goût ou par nécessité à la belle étoile.

— Eh bien ! qu'est-ce que ma question a de si extraordinaire ? dit la Corilla en riant de son trouble.

— Je me demandais, moi, répondit Anzoleto avec beaucoup de présence d'esprit, quel palais de rois ou de fées pourrait être digne de l'orgueilleux mortel qui y porterait le souvenir d'un regard d'amour de la Corilla !

— Et que prétend dire par là ce flatteur ?

reprit-elle en lui lançant le plus brûlant regard qu'elle pût tirer de son arsenal de diableries.

— Que je n'ai pas ce bonheur, répondit le jeune homme ; mais que si je l'avais, j'aurais l'orgueil de ne vouloir demeurer qu'entre le ciel et la mer, comme les étoiles.

— Ou comme les *cuccali?* s'écria la cantatrice en éclatant de rire. On sait que les goélands sont des oiseaux d'une simplicité proverbiale, et que leur maladresse équivaut, dans le langage de Venise, à notre locution. *étourdi comme un hanneton.*

— Raillez-moi, méprisez-moi, répondit Anzoleto ; je crois que j'aime encore mieux cela que de ne pas vous occuper du tout.

— Allons, puisque tu ne veux me répondre que par métaphores, reprit-elle, je vais t'emmener dans ma gondole, sauf à t'é-

loigner de ta demeure, au lieu de t'en rap-
procher. Si je te joue ce mauvais tour, c'est
ta faute.

— Etait-ce là le motif de votre curiosité,
signora? En ce cas ma réponse est bien courte
et bien claire : Je demeure sur les marches
de votre palais.

— Va donc m'attendre sur les marches de
celui où nous sommes, dit la Corilla en
baissant la voix ; car Zustiniani pourrait bien
blâmer l'indulgence avec laquelle j'écoute tes
fadaises.

Dans le premier élan de sa vanité, Anzoleto s'esquiva, et courut voltiger de l'embarcadère du palais à la proue de la gondole
de Corilla, comptant les secondes aux bat-
tements rapides de son cœur enivré. Mais
avant qu'elle parût sur les marches du palais,
bien des réflexions passèrent par la cervelle
active et ambitieuse du débutant. La Corilla

est toute-puissante, se dit-il, mais si, à force
de lui plaire, j'allais déplaire au comte? Ou
bien si j'allais, par mon trop facile triomphe,
lui faire perdre la puissance qu'elle tient de
lui, en le dégoûtant tout-à-fait d'une maîtresse si volage?

Dans ces perplexités, Anzoleto mesura de
l'œil l'escalier qu'il pouvait remonter encore,
et il songeait à effectuer son évasion, lorsque
les flambeaux brillèrent sous le portique, et
la belle Corilla, enveloppée de son mantelet
d'hermine, parut sur les premiers degrés, au
milieu d'un groupe de cavaliers jaloux de
soutenir son coude arrondi dans le creux de
leur main, et de l'aider ainsi à descendre,
comme c'est la coutume à Venise.

—Eh bien! dit le gondolier de la prima-
donna à Anzoleto éperdu, que faites-vous là?
Entrez dans la gondole bien vite, si vous en
avez la permission; ou bien suivez la rive et

courez, car le seigneur comte est avec la signora.

Anzoleto se jeta au fond de la gondole sans
savoir ce qu'il faisait. Il avait la tête perdue.
Mais à peine y fut-il, qu'il s'imagina la stu-
peur et l'indignation qu'éprouverait le comte
s'il entrait dans la gondole avec sa maîtresse,
en trouvant là son insolent protégé. Son angoisse fut d'autant plus cruelle qu'elle se prolongea plus de cinq minutes. La signora s'é-
tait arrêtée au beau milieu de l'escalier. Elle
causait, riait très haut avec son cortége, et,
discutant sur un trait, elle le répétait à pleine
voix de plusieurs manières différentes. Sa voix
claire et vibrante allait se perdre sur les palais et sur les coupoles du canal, comme le
chant du coq réveillé avant l'aube se perd
dans le silence des campagnes.

Anzoleto, n'y pouvant plus tenir, résolut
de s'élancer dans l'eau par l'ouverture de la

gondole qui ne faisait pas face à l'escalier.
Déjà il avait fait glisser la glace dans son
panneau de velours noir, et déjà il avait passé
une jambe dehors, lorsque le second rameur
de la prima-donna, celui qui occupait à la
poupe, se penchant vers lui sur le flanc de la
cabanette, lui dit à voix basse : Puisqu'on
chante, cela veut dire que vous devez vous
tenir coi, et attendre sans crainte.

— Je ne connaissais pas les usages, pensa
Anzoleto, et il attendit, mais non sans un reste
de frayeur douloureuse. La Corilla se donna
le plaisir d'amener le comte jusqu'à la proue
de sa gondole, et de s'y tenir debout en lui
adressant les compliments de *felicissima notte,*
jusqu'à ce qu'elle eût quitté la rive ; puis elle
vint s'asseoir auprès de son nouvel amant
avec autant de naturel et de tranquillité que
si elle n'eût pas risqué la vie de celui ci et sa
propre fortune à ce jeu impertinent.

— Vous voyez bien la Corilla? disait pendant ce temps Zustiniani au comte Barberigo; eh bien! je parierais ma tête qu'elle n'est pas seule dans sa gondole.

— Et comment pouvez-vous avoir une pareille idée? reprit Barberigo.

— Parce qu'elle m'a fait mille instances pour que je la reconduisisse à son palais.

— Et vous n'êtes pas plus jaloux que cela?

— Il y a longtemps que je suis guéri de cette faiblesse. Je donnerais beaucoup pour que notre première cantatrice s'éprît sérieusement de quelqu'un qui lui fît préférer le séjour de Venise aux rêves de voyage dont elle me menace. Je puis très bien me consoler de ses infidélités; mais je ne pourrais remplacer ni sa voix, ni sont talent, ni la fureur du public qu'elle captive à San-Samuel.

— Je comprends; mais qui donc peut être

ce soir l'amant heureux de cette folle princesse?

Le comte et son ami passèrent en revue
tous ceux que la Corilla avait pu remarquer
et encourager dans la soirée. Anzoleto fut
absolument le seul dont ils ne s'avisèrent
pas.

5

Cependant un violent combat s'élevait dans l'âme de cet heureux amant que l'onde et la nuit emportaient dans leurs ombres tranquilles, éperdu et palpitant auprès de la plus célèbre beauté de Venise. D'une part, Anzoleto sentait fermenter en lui l'ardeur d'un

désir que la joie de l'orgueil satisfait rendait
plus puissant encore; mais d'un autre côté,
la crainte de déplaire bientôt, d'être raillé,
éconduit et traîtreusement accusé auprès du
comte, venait refroidir ses transports. Prudent et rusé comme un vrai Vénitien, il n'a-
vait pas, depuis six ans, aspiré au théâtre
sans s'être bien renseigné sur le compte de
la femme fantasque et impérieuse qui en
gouvernait toutes les intrigues. Il avait tout
lieu de penser que son règne auprès d'elle
serait de courte durée; et s'il ne s'était pas
soustrait à ce dangereux honneur, c'est que,
ne le prévoyant pas si proche, il avait été
subjugué et enlevé par surprise. Il avait
cru se faire tolérer par sa courtoisie, et
voilà qu'il était déjà aimé pour sa jeunesse,
sa beauté et sa gloire naissante! Maintenant,
se dit Anzoleto avec cette rapidité d'aperçus
et de conclusions que possèdent quelques

têtes merveilleusement organisées, il ne me reste plus qu'à me faire craindre, si je ne veux toucher au lendemain amer et ridicule de mon triomphe. Mais comment me faire craindre, moi, pauvre diable, de la reine des enfers en personne? Son parti fut bientôt pris. Il se jeta dans un système de méfiance, de jalousies et d'amertumes dont la coquette- rie passionnée étonna la prima-donna. Toute leur causerie ardente et légère peut se résu- mer ainsi :

ANZOLETO.

Je sais bien que vous ne m'aimez pas, que vous ne m'aimerez jamais, et voilà pour- quoi je suis triste et contraint auprès de vous.

CORILLA.

Et si je t'aimais?

ANZOLETO.

Je serais tout-à-fait désespéré , parce qu'il me faudrait tomber du ciel dans un abîme, et vous perdre peut-être une heure après vous avoir conquise au prix de tout mon bonheur futur.

CORILLA.

Et qui te fait croire à tant d'inconstance de ma part?

ANZOLETO.

D'abord, mon peu de mérite. Ensuite, tout le mal qu'on dit de vous.

CORILLA.

Et qui donc médit ainsi de moi?

ANZOLETO.

Tous les hommes, parce que tous les hommes vous adorent.

CORILLA.

Ainsi , si j'avais la folie de prendre de l'affection pour toi et de te le dire, tu me repousserais?...

ANZOLETO.

Je ne sais si j'aurais la force de m'enfuir ; mais si je l'avais , il est certain que je ne voudrais vous revoir de ma vie.

— Eh bien ! dit la Corilla , j'ai envie de faire cette épreuve par curiosité... Anzoleto, je crois que je t'aime.

— Et moi, je n'en crois rien , répondit-il. Si je reste, c'est parce que je comprends bien que c'est un persiflage. A ce jeu-là , vous ne m'intimiderez pas, et vous me piquerez encore moins.

— Tu veux faire assaut de finesse, je crois?

— Pourquoi non? Je ne suis pas bien redoutable , puisque je vous donne le moyen de me vaincre.

— Léquel ?

— C'est de me glacer d'épouvante, et de me mettre en fuite en me disant sérieuse- ment ce que vous venez de me dire par rail- lerie.

— Tu es un drôle de corps ! et je vois bien qu'il faut faire attention à tout avec toi. Tu es de ces hommes qui ne veulent pas respi- rer seulement le parfum de la rose, mais la cueillir et la mettre sous verre. Je ne t'aurais cru ni si hardi ni si volontaire à ton âge !

— Et vous me méprisez pour cela ?

— Au contraire : tu m'en plais davan- tage. Bonsoir , Anzoleto, nous nous re- verrons.

Elle lui tendit sa belle main, qu'il baisa avec passion. Je ne m'en suis pas mal tiré, se dit-il en fuyant sous les galeries qui bordaient le canaletto.

Désespérant de se faire ouvrir à cette heure indue le bouge où il se retirait de coutume, il songea à s'aller étendre sur le premier seuil venu, pour y goûter ce repos angélique que connaissent seules l'enfance et la pauvreté. Mais, pour la première fois de sa vie, il ne trouva pas une dalle assez propre pour s'y coucher. Bien que le pavé de Venise soit plus net et plus blanc que dans aucun autre lieu du monde, il s'en fallait de beaucoup que ce lit légèrement poudreux convînt à un habit noir complet de la plus fine étoffe, et de la coupe la plus élégante. Et puis la convenance ! Les mêmes bateliers qui, le matin, enjambaient honnêtement les marches des escaliers sans heurter les haillons du jeune plébéien, eussent insulté à son sommeil, et peut-être souillé à dessein les livrées de son

luxe parasite étalées sous leurs pieds. Qu'eus-
sent-ils pensé d'un dormeur en plein air, en
bas de soie, en linge fin, en manchettes et
en rabat de dentelle? Anzoleto regretta en
ce moment sa bonne cape de laine brune et
rouge, bien fanée, bien usée, mais encore
épaisse de deux doigts et à l'épreuve de la
brume malsaine qui s'élève au matin sur les
eaux de Venise. On était aux derniers jours
de février; et bien qu'à cette époque de l'année le soleil soit déjà brillant et chaud dans
ce climat, les nuits y sont encore très froides.
L'idée lui vint d'aller se blottir dans quelque
gondole amarrée au rivage : toutes étaient
fermées à clé. Enfin il en trouva une dont
la porte céda devant lui; mais en y pénétrant
il heurta les pieds du barcarolle qui s'y était
retiré pour dormir, et tomba sur lui. — Par
le corps du diable ! lui cria une grosse
voix rauque sortant du fond de cet antre,

qui êtes - vous, et que demandez - vous?

— C'est toi, Zanetto? répondit Anzoleto en reconnaissant la voix du gondolier, assez bienveillant pour lui à l'ordinaire. Laisse-moi me coucher à tes côtés, et faire un somme à couvert sous ta cabanette.

— Et qui es-tu? demanda Zanetto.

— Anzoleto; ne me reconnais-tu pas?

— Par Satan, non! Tu portes des habits qu'Anzoleto ne pourrait porter, à moins qu'il ne les eût volés. Va-t'en, va-t'en! Fusses-tu le doge en personne, je n'ouvrirai pas ma barque à un homme qui a un bel habit pour se promener et pas un coin pour dormir.

Jusqu'ici, pensa Anzoleto, la protection et les faveurs du comte Zustiniani m'ont exposé à plus de périls et de désagréments qu'elles ne m'ont procuré d'avantages. Il est temps que ma fortune réponde à mes succès, et il me tarde d'avoir quelques sequins dans mes poches pour soutenir le personnage qu'on me fait jouer.

Plein d'humeur, il se promena au hasard dans les rues désertes, n'osant s'arrêter de peur de faire rentrer la transpiration que la colère et la fatigue lui avaient causée. Pourvu qu'à tout ceci je ne gagne pas un enrouement, se disait-il. Demain monsieur le comte va vouloir faire entendre son jeune prodige à quelque sot aristarque, qui, si j'ai dans le gosier le moindre petit chat par suite d'une nuit sans repos, sans sommeil et sans abri, prononcera que je n'ai pas de voix; et monsieur le comte, qui sait bien le contraire, dira : Ah! si vous l'aviez entendu hier! — Il n'est donc pas égal? dira l'autre. Peut-être n'est-il pas d'une bonne santé? — Ou peut-être, dira un troisième, s'est-il fatigué hier. Il est bien jeune en effet pour chanter plusieurs jours de suite. Vous feriez bien d'attendre qu'il fût plus mûr et plus robuste pour le lancer sur les planches.—Et le comte dira : Diable ! s'il s'enroue pour avoir chanté deux airs, ce n'est pas là mon affaire. — Alors, pour s'assurer que j'ai de la force et de la santé, ils me feront faire des exercices tous les jours, jusqu'à perdre haleine, et ils me casseront la voix pour s'assurer que j'ai des poumons. Au diable la protection des grands seigneurs ! Ah ! quand pourrai-je m'en affranchir, et, fort de ma renommée, de la faveur du public, de la concurrence des théâtres, quand pourrai-je chanter dans leurs salons par grâce, et traiter de puissance à puissance avec eux ?

En devisant ainsi avec lui-même, Anzoleto arriva dans une de ces petites places qu'on appelle *corti* à Venise, bien que ce ne soient pas des cours, et que cet assemblage de maisons, s'ouvrant sur un espace commun, correspond plutôt à ce que nous appelons aujourd'hui à Paris *cité*. Mais il s'en faut de beaucoup que la disposition de ces prétendues cours soit régulière, élégante et soignée comme nos *squares* modernes. Ce sont plutôt de petites places obscures, quelquefois formant impasse, d'autres fois servant de passage d'un quartier à l'autre ; mais peu fréquentées, habitées à l'entour par des gens de mince fortune et de mince condition, le plus souvent par des gens du peuple, des ouvriers ou des blanchisseuses qui étendent leur linge sur des cordes tendues en travers du chemin, inconvénient que le passant supporte avec beaucoup de tolérance, car son droit de passage est parfois toléré aussi plutôt que fondé. Malheur à l'artiste pauvre, réduit à ouvrir les fenêtres de son cabinet sur ces recoins tranquilles, où la vie prolé-

taire, avec ses habitudes rustiques, bruyantes
et un peu malpropres, reparaît tout-à-coup
au sein de Venise, à deux pas des larges ca-
naux et des somptueux édifices. Malheur à
lui, si le silence est nécessaire à ses méditations ; car de l'aube à la nuit un bruit d'enfants, de poules, et de chiens, jouant et criant
ensemble dans cette enceinte resserrée, les
interminables babillages des femmes rassem-
blées sur le seuil des portes, et les chansons
des travailleurs dans leurs ateliers, ne lui
laisseront pas un instant de repos. Heureux
encore quand l'*improvisatore* ne vient pas
hurler ses sonnets et ses dithyrambes jusqu'à
ce qu'il ait recueilli un sou de chaque fenêtre,
ou quand Brighella n'établit pas sa baraque
au milieu de la cour, patient à recom-
mencer son dialogue avec l'*avocato, il tedesco,
e il diavolo*, jusqu'à ce qu'il ait épuisé en vain
sa faconde gratis devant les enfants dégue-

nillés, heureux spectateurs qui ne se font pas
scrupule d'écouter et de regarder sans avoir
un liard dans leur poche!

Mais, la nuit, quand tout est rentré dans
le silence, et que la lune paisible éclaire et
blanchit les dalles, cet assemblage de maisons de toutes les époques, accolées les unes
aux autres sans symétrie et sans prétention,
coupées par de fortes ombres, pleines de
mystères dans leurs enfoncements, et de
grâce instinctive dans leurs bizarreries, offre
un désordre infiniment pittoresque. Tout devient beau sous les regards de la lune; le
moindre effet d'architecture s'agrandit et
prend du caractère; le moindre balcon fes-
tonné de vigne se donne des airs de roman
espagnol, et vous remplit l'imagination de
ces belles aventures dites *de cape et d'épée.*
Le ciel limpide où se baignent, au-dessus de
ce cadre sombre et anguleux, les pâles cou-

poles des édifices lointains, verse sur les moindres détails du tableau une couleur vague et harmonieuse qui porte à des rêveries sans fin.

C'est dans la *corte Minelli*, près l'église San-Fantin, qu'Anzoleto se trouva au moment où les horloges se renvoyaient l'une à l'autre le coup de deux heures après minuit. Un instinct secret avait conduit ses pas vers la demeure d'une personne dont le nom et l'image ne s'étaient pas présentés à lui depuis le coucher du soleil. A peine était-il rentré dans cette cour, qu'il entendit une voix douce l'appeler bien bas par les dernières syllabes de son nom ; et, levant la tête, il vit une légère silhouette se dessiner sur une des plus misérables terrasses de l'enceinte. Un instant après, la porte de cette masure s'ouvrit, et Consuelo, en jupe d'indienne, et le corsage enveloppé d'une vieille mante de soie noire.

qui avait servi jadis de parure à sa mère,
vint lui tendre une main, tandis qu'elle
posait de l'autre un doigt sur ses lèvres pour
lui recommander le silence. Ils montèrent
sur la pointe du pied et à tâtons l'escalier
de bois tournant et délabré qui conduisait
jusque sur le toit; et quand ils furent assis
sur la terrasse, ils commencèrent un de ces
longs chuchotements entrecoupés de baisers,
que chaque nuit on entend murmurer sur
les toits, comme des brises mystérieuses, ou
comme un babillage d'esprits aériens volti-
geant par couples dans la brume autour des
cheminées bizarres qui coiffent de leurs nombreux turbans rouges toutes les maisons de
Venise.

— Comment, ma pauvre amie, dit
Anzoleto, tu m'as attendu jusqu'à présent?

— Ne m'avais-tu pas dit que tu viendrais
me rendre compte de ta soirée? Eh bie n! dis.

moi donc si tu as bien chanté, si tu as fait plaisir, si on t'a applaudi, si on t'a signifié ton engagement ?

— Et toi, ma bonne Consuelo, dit Anzoleto, pénétré tout-à-coup de remords en voyant la confiance et la douceur de cette pauvre fille, dis-moi donc si tu t'es impatientée de ma longue absence, si tu n'es pas bien fatiguée de m'attendre ainsi, si tu n'as pas eu bien froid sur cette terrasse, si tu as songé à souper, si tu ne m'en veux pas de venir si tard, si tu as été inquiète, si tu m'accusais ?

— Rien de tout cela, répondit-elle en lui jetant ses bras au cou avec candeur. Si je me suis impatientée, ce n'est pas contre toi ; si je suis fatiguée, si j'ai eu froid, je ne m'en ressens plus depuis que tu es là ; si j'ai soupé je ne m'en souviens pas ; si je t'ai accusé... de quoi t'aurais-je accusé ? si j'ai été inquiète...

pourquoi l'aurais-je été? si je t'en veux? jamais.

— Tu es un ange, toi! dit Anzoleto en l'embrassant. Ah! ma consolation! que les autres cœurs sont perfides et durs!

— Hélas! qu'est-il donc arrivé? quel mal a-t-on fait là-bas au *fils de mon âme?* dit Consuelo, mêlant au gentil dialecte vénitien les métaphores hardies et passionnées de sa langue natale.

Anzoleto raconta tout ce qui lui était arrivé, même ses galanteries auprès de la Corilla, et surtout les agaceries qu'il en avait reçues. Seulement, il raconta les choses d'une certaine façon, disant tout ce qui ne pouvait affliger Consuelo, puisque, de fait et d'intention, il lui avait été fidèle, et c'était *presque* toute la vérité. Mais il y a une centième partie de vérité que nulle enquête judiciaire n'a jamais éclairée, que nul client n'a jamais

confessée à son avocat, et que nul arrêt n'a
jamais atteint qu'au hasard, parce que dans
ce peu de faits ou d'intentions qui reste mystérieux, est la cause tout entière, le
motif, le but, le mot enfin de ces grands
procès toujours si mal plaidés et toujours
si mal jugés, quelles que soient la passion des orateurs et la froideur des magis-
trats.

Pour en revenir à Anzoleto, il n'est pas
besoin de dire quelles peccadilles il passa
sous silence, quelles émotions ardentes devant le public il traduisit à sa manière, et
quelles palpitations étouffées dans la gondole
il oublia de mentionner. Je crois même qu'il
ne parla point du tout de la gondole, et qu'il
rapporta ses flatteries à la cantatrice comme
les adroites moqueries au moyen desquelles
il avait échappé sans l'irriter aux périlleuses
avances dont elle l'avait accablé. Pourquoi,

ne voulant pas et ne pouvant pas dire le fond
des choses, c'est-à-dire la puissance des tentations qu'il avait surmontées par prudence
et par esprit de conduite, pourquoi, dites-
vous, chère lectrice, ce jeune fourbe allait-
il risquer d'éveiller la jalousie de Consuelo?
Vous me le demandez, Madame? Dites-moi
donc si vous n'avez pas pour habitude de
conter à l'amant, je veux dire à l'époux de
votre choix, tous les hommages dont vous
avez été entourée par les autres, tous les as-
pirants que vous avez éconduits, tous les rivaux que vous avez sacrifiés, non seulement
avant l'hymen, mais après, mais tous les
jours de bal, mais hier et ce matin encore!
Voyons, Madame, si vous êtes belle, comme
je me complais à le croire, je gage ma tête
que vous ne faites point autrement qu'Anzoleto, non pour vous faire valoir, non pour
faire souffrir une âme jalouse, non pour enor-

gueillir un cœur trop orgueilleux déjà de
vos préférences ; mais parce qu'il est doux
d'avoir près de soi quelqu'un à qui l'on puisse
raconter ces choses-là, tout en ayant l'air
d'accomplir un devoir, et de se confesser
en se vantant au confesseur. Seulement, Madame, vous ne vous confessez que de *presque
tout.* Il n'y a qu'un tout petit rien dont vous
ne parlez jamais ; c'est le regard, c'est le sourire qui ont provoqué l'impertinente déclaration du présomptueux dont vous vous plai-
gnez. Ce sourire, ce regard, ce rien, c'est pré-
cisément la gondole dont Anzoleto, heureux
de repasser tout haut dans sa mémoire les
enivrements de la soirée, oublia de parler à
Consuelo. Heureusement pour la petite Espagnole, elle ne savait point encore ce que c'est
que la jalousie : ce noir et amer sentiment
ne vient qu'aux âmes qui ont beaucoup souffert, et jusque là Consuelo était aussi heu-

reuse de son amour qu'elle était bonne. La
seule circonstance qui fit en elle une impression profonde, ce fut l'oracle flatteur et sévère prononcé par son respectable maître,
le professeur Porpora, sur la tête adorée
d'Anzoleto. Elle fit répéter à ce dernier les
expressions dont le maître s'était servi; et
après qu'il les lui eut exactement rappor-
tées, elle y pensa longtemps et demeura silencieuse.

— Consuelina, lui dit Anzoleto sans trop
s'apercevoir de sa rêverie, je t'avoue que
l'air est extrêmement frais. Ne crains-tu pas
de t'enrhumer? Songe, ma chérie, que notre
avenir repose sur ta voix encore plus que sur
la mienne...

— Je ne m'enrhume jamais, répondit-
elle; mais toi, tu es si peu vêtu avec tes
beaux habits! Tiens, enveloppe-toi de ma
mantille.

— Que veux-tu que je fasse de ce pauvre morceau de taffetas percé à jour ? J'aimerais bien mieux me mettre à couvert une demi-heure dans ta chambre.

— Je le veux bien, dit Consuelo : mais alors il ne faudra pas parler ; car les voisins pourraient nous entendre, et ils nous blâmeraient. Ils ne sont pas méchants ; ils voient nos amours sans trop me tourmenter, parce qu'ils savent bien que jamais tu n'entres chez moi la nuit. Tu ferais mieux d'aller dormir chez toi.

— Impossible ! on ne m'ouvrira qu'au jour, et j'ai encore trois heures à grelotter. Tiens, mes dents claquent dans ma bouche.

— En ce cas, viens, dit Consuelo en se levant ; je t'enfermerai dans ma chambre, et je reviendrai sur la terrasse pour que, si

quelqu'un nous observe, il voie bien que je
ne fais pas de scandale.

Elle le conduisit en effet dans sa chambre :
c'était une assez grande pièce délabrée, o ù
les fleurs peintes à fresque sur les murs repa-
raissaient çà et là sous une seconde peinture
encore plus grossière et déjà presque aussi
dégradée. Un grand bois de lit carré avec
une paillasse d'algues marines, et une couverture d'indienne piquée fort propre, mais
rapetassée en mille endroits avec des morceaux de toutes couleurs, une chaise de
paille, une petite table, une guitare fort ancienne, et un Christ de filigrane, uniques richesses que sa mère lui avait laissées ; une
petite épinette, et un gros tas de vieille musique rongée des vers, que le professeur Porpora avait la générosité de lui prêter : tel
était l'ameublement de la jeune artiste, fille
d'une pauvre Bohémienne, élève d'un grand

maître, et amoureuse d'un bel aventurier.

Comme il n'y avait qu'une chaise, et que la table était couverte de musique, il n'y avait qu'un siége pour Anzoleto; c'était le lit, et il s'en accommoda sans façon. A peine se fut-il assis sur le bord, que la fatigue s'emparant de lui, il laissa tomber sa tête sur un gros coussin de laine qui servait d'oreiller, en disant : Oh! ma chère petite femme, je donnerais en cet instant tout ce qui me reste d'années à vivre pour une heure de bon sommeil, et tous les trésors de l'univers pour un bout de cette couverture sur mes jambes. Je n'ai jamais eu si froid que dans ces maudits habits, et le malaise de cette insomnie me donne le frisson de la fièvre.

Consuelo hésita un instant. Orpheline et seule au monde à dix-huit ans, elle ne devait compte qu'à Dieu de ses actions. Croyant à la promesse d'Anzoleto comme à la parole

de l'Évangile, elle ne se croyait menacée
ni de son dégoût ni de son abandon en cédant à tous ses désirs. Mais un sentiment de
pudeur qu'Anzoleto n'avait jamais ni com-
battu ni altéré en elle, lui fit trouver sa
demande un peu grossière. Elle s'approcha
de lui, et lui toucha la main. Cette main était
bien froide en effet, et Anzoleto prenant
celle de Consuelo la porta à son front, qui
était brûlant. — Tu es malade! lui dit-elle,
saisie d'une sollicitude qui fit taire toutes les
autres considérations. Eh bien! dors une
heure sur ce lit.

Anzoleto ne se le fit pas dire deux fois.
Bonne comme Dieu même! murmura-t-il en
s'étendant sur le matelas d'algue marine.
Consuelo l'entoura de sa couverture; elle alla
prendre dans un coin quelques pauvres har-
des qui lui restaient, et lui en couvrit les
pieds. Anzoleto, lui dit-elle à voix basse tout

en remplissant ce soin maternel, ce lit où tu vas dormir, c'est celui où j'ai dormi avec ma mère les dernières années de sa vie; c'est celui où je l'ai vue mourir, où je l'ai enveloppée de son drap mortuaire, où j'ai veillé sur son corps en priant et en pleurant, jusqu'à ce que la barque des morts soit venue me l'ôter pour toujours. Eh bien, je vais te dire maintenant ce qu'elle m'a fait promettre à sa dernière heure. Consuelo, m'a-t-elle dit, jure-moi sur le Christ qu'Anzoleto ne prendra pas ma place dans ce lit avant de s'être marié avec toi devant un prêtre.

— Et tu as juré?

— Et j'ai juré. Mais en te laissant dormir ici pour la première fois, ce n'est pas la place de ma mère que je te donne, c'est la mienne.

— Et toi, pauvre fille, tu ne dormiras donc pas? reprit Anzoleto en se relevant à demi par un violent effort. Ah! je suis un lâche, je m'en vais dormir dans la rue.

— Non! dit Consuelo en le repoussant sur le coussin avec une douce violence; tu es malade, et je ne le suis pas. Ma mère, qui est morte en bonne catholique, et qui est dans le ciel, nous voit à toute heure. Elle sait que tu lui as tenu la promesse que tu lui avais faite de ne pas m'abandonner. Elle sait aussi que notre amour est aussi honnête depuis sa mort qu'il l'a été de son vivant. Elle voit qu'en ce moment je ne fais et je ne pense rien de mal. Que son âme repose dans le Seigneur! Ici Consuelo fit un grand signe de croix. Anzoleto était déjà endormi. — Je vais dire mon chapelet là-haut sur la terrasse pour que tu n'aies pas la fièvre, ajouta Consuelo en s'éloignant.

Bonne comme Dieu! répéta faiblement Anzoleto, et il ne s'aperçut seulement pas que sa fiancée le laissait seul. Elle alla en effet dire son chapelet sur le toit. Puis elle revint pour s'assurer qu'il n'était pas plus malade, et le voyant dormir paisiblement, elle contempla longtemps avec recueillement son beau visage pâle éclairé par la lune.

Et puis, ne voulant pas céder au sommeil elle-même, et se rappelant que les émotions de la soirée lui avaient fait négliger son travail, elle ralluma sa lampe, s'assit devant sa petite table, et nota un essai de composition que maître Porpora lui avait demandé pour le jour suivant.

6

Le comte Zustiniani, malgré son détache-
ment philosophique et de nouvelles amours
dont la Corilla feignait assez maladroitement
d'être jalouse, n'était pas cependant aussi insensible aux insolents caprices de cette folle
maîtresse qu'il s'efforçait de le paraître. Bon,

faible, et frivole, Zustiniani n'était roué que
par ton et par position sociale. Il ne pouvait
s'empêcher de souffrir, au fond de son cœur,
de l'ingratitude avec laquelle cette fille avait
répondu à sa générosité ; et d'ailleurs , quoiqu'il fût à cette époque (à Venise aussi bien
qu'à Paris) de la dernière inconvenance de
montrer de la jalousie, l'orgueil italien se ré-
voltait contre le rôle ridicule et misérable que
la Corilla lui faisait jouer.

Donc , ce même soir où Anzoleto avait
brillé au palais Zustiniani , le comte , après
avoir agréablement plaisanté avec son ami
Barberigo sur les espiègleries de sa maîtresse, dès qu'il vit ses salons déserts et les
flambeaux éteints , prit son manteau et son
épée, et, pour en avoir *le cœur net*, courut au
palais qu'habitait la Corilla.

Quand il se fut assuré qu'elle était bien
seule, ne se trouvant pas encore tranquille,

il entama la conversation à voix basse avec
le barcarolle qui était en train de remiser la
gondole de la prima-donna sous la voûte
destinée à cet usage. Moyennant quelques sequins, il le fit parler, et se convainquit
bientôt qu'il ne s'était pas trompé en suppo-
sant que la Corilla avait pris un compagnon
de route dans sa gondole. Mais il lui fut impossible de savoir qui était ce compagnon ; le
gondolier ne le savait pas. Bien qu'il eût vu
cent fois Anzoleto aux alentours du théâtre
et du palais Zustiniani, il ne l'avait pas reconnu dans l'ombre, sous l'habit noir et avec
de la poudre.

Ce mystère impénétrable acheva de donner
de l'humeur au comte. Il se fût consolé en
persiflant son rival, seule vengeance de bon
goût, mais aussi cruelle dans les temps de
parade que le meurtre l'est aux époques de
passions sérieuses. Il ne dormit pas ; et avant

l'heure où Porpora commençait son cours de musique au conservatoire des filles pauvres, il s'achemina vers la *scuola di Mendicanti*, dans la salle où devaient se rassembler les jeunes élèves.

La position du comte à l'égard du docte professeur avait beaucoup changé depuis quelques années. Zustiniani n'était plus l'antagoniste musical de Porpora, mais son associé, et son chef en quelque sorte ; il avait fait des dons considérables à l'établissement que dirigeait ce savant maître, et par reconnaissance on lui en avait donné la direction suprême. Ces deux amis vivaient donc désormais en aussi bonne intelligence que pouvait le permettre l'intolérance du professeur à l'égard de la musique à la mode ; intolérance qui cependant était forcée de s'adoucir à la vue des encouragements que le comte donnait de ses soins et de sa bourse à l'enseigne-

ment et à la propagation de la musique sérieuse. En outre, il avait fait représenter à
San Samuel un opéra que ce maître venait
de composer.

— Mon cher maître, lui dit Zustiniani en
l'attirant à l'écart, il faut que non seulement
vous vous décidiez à vous laisser enlever pour
le théâtre une de vos élèves, mais il faut
encore que vous m'indiquiez celle qui vous
paraîtra la plus propre à remplacer la Corilla.
Cette cantatrice est fatiguée, sa voix se perd,
ses caprices nous ruinent, le public est bientôt dégoûté d'elle. Vraiment nous devons
songer à lui trouver une *succeditrice*. (Pardon, cher lecteur, ceci se dit en italien,
et le comte ne faisait point un néolo-
gisme.)

— Je n'ai pas ce qu'il vous faut, répliqua
sèchement Porpora.

— Eh quoi, maître, s'écria le comte,

allez-vous retomber dans vos humeurs noires? Est-ce tout de bon qu'après tant de sacrifices et de dévoûment de ma part pour encourager votre œuvre musicale, vous vous refusez à la moindre obligeance quand je réclame votre aide et vos conseils pour la mienne?

— Je n'en ai plus de droit, comte, répondit le professeur; et ce que je viens de vous dire est la vérité, dite par un ami, et avec le désir de vous obliger. Je n'ai point dans mon école de chant une seule personne capable de vous remplacer la Corilla. Je ne fais pas plus de cas d'elle qu'il ne faut; mais en déclarant que le talent de cette fille n'a aucune valeur solide à mes yeux, je suis forcé de reconnaître qu'elle possède un savoir-faire, une habitude, une facilité et une communication établie avec les sens du public qui ne s'acquièrent qu'avec des années de pratique.

et que n'auront de longtemps d'autres dé-
batantes.

— Cela est vrai, dit le comte; mais enfin
nous avons formé la Corilla, nous l'avons
vue commencer, nous l'avons fait accepter
au public; sa beauté a fait les trois quarts de
son succès, et vous avez d'aussi charmantes
personnes dans votre école. Vous ne nierez
pas cela, mon maître! Voyons, confessez
que la Clorinda est la plus belle créature de
l'univers!

— Mais affectée, mais minaudière, mais
insupportable... Il est vrai que le public trouvera peut-être charmantes ces grimaces ridi-
cules... mais elle chante faux, elle n'a ni
âme, ni intelligence... Il est vrai que le
public n'en a pas plus que d'oreilles... mais
elle n'a ni mémoire, ni adresse, et elle
ne se sauvera même pas du *fiasco* par le

charlatanisme heureux qui réussit à tant de
gens!

En parlant ainsi, le professeur laissa tomber un regard involontaire sur Anzoleto,
qui, à la faveur de son titre de favori du
comte, et sous prétexte de venir lui parler,
s'était glissé dans la classe, et se tenait à
peu de distance, l'oreille ouverte à la conversation.

— N'importe, dit le comte sans faire
attention à la malice rancunière du maître;
je n'abandonne pas mon idée. Il y a longtemps que je n'ai entendu la Clorinda. Fai-
sons-la venir, et avec cinq ou six autres, les
plus jolies que l'on pourra trouver. Voyons,
Anzoleto, ajouta-t-il en riant, te voilà assez
bien équipé pour prendre l'air grave d'un
jeune professeur. Entre dans le jardin,
et adresse-toi aux plus remarquables de
ces jeunes beautés, pour leur dire que

nous les attendons ici, M. le professeur
et moi.

Anzoleto obéit ; mais soit par malice, soit
qu'il eût ses vues, il amena les plus laides,
et c'est pour le coup que Jean-Jacques aurait
pu s'écrier : « La Sofia était borgne, la Cat-
tina était boiteuse. »

Ce quiproquo fut pris en bonne part, et,
après qu'on en eut ri sous cape, on renvoya
ces demoiselles avertir celles de leurs com-
pagnes que désigna le professeur. Un groupe
charmant vint bientôt, avec la belle Clorinda
au centre.

— La magnifique chevelure ! dit le comte
à l'oreille du professeur en voyant passer
près de lui les superbes tresses blondes de
cette dernière.

— Il y a beaucoup plus *dessus* que *dedans*
cette tête, répondit le rude censeur sans dai-
gner baisser la voix.

Après une heure d'épreuve, le comte, n'y pouvant plus tenir, se retira consterné en donnant des éloges pleins de grâce à ces demoiselles, et en disant tout bas au professeur : — Il ne faut point songer à ces perruches !

— Si Votre Seigneurie illustrissime daignait me permettre de dire un mot sur ce qui la préoccupe... articula doucement Anzoleto à l'oreille du comte en descendant l'escalier.

— Parle, reprit le comte ; connaîtrais-tu cette merveille que nous cherchons ?

— Oui, Excellence.

— Et au fond de quelle mer iras-tu pêcher cette perle fine ?

— Tout au fond de la classe où le malin professeur Porpora la tient cachée les jours où vous passez votre bataillon féminin en revue.

— Quoi? est-il dans la scuola un diamant dont mes yeux n'aient jamais aperçu l'éclat? Si maître Porpora m'a joué un pareil tour!...

— Illustrissime, le diamant dont je parle ne fait pas partie de la scuola. C'est une pauvre fille qui vient seulement chanter dans les chœurs quand on a besoin d'elle, et à qui le professeur donne des leçons particulières par charité, et plus encore par amour de l'art.

— Il faut donc que cette pauvre fille ait des facultés extraordinaires; car le professeur n'est pas facile à contenter, et il n'est pas prodigue de son temps et de sa peine. L'ai-je entendue quelquefois sans la connaître?

— Votre Seigneurie l'a entendue une fois, il y a bien longtemps, et lorsqu'elle n'était encore qu'un enfant. Aujourd'hui c'est une

grande jeune fille, forte, studieuse, savante
comme le professeur, et capable de faire siffler
la Corilla le jour où elle chantera une phrase
de trois mesures à côté d'elle sur le théâtre.

— Et ne chante-t-elle jamais en public?
Le professeur ne lui a-t-il pas fait dire quelques motets aux grandes vêpres?

— Autrefois, Excellence, le professeur se
faisait une joie de l'entendre chanter à l'é-
glise; mais depuis que les *scolari*, par jalousie
et par vengeance, ont menacé de la faire
chasser de la tribune si elle y reparaissait à
côté d'elles....

— C'est donc une fille de mauvaise vie?...

— O Dieu vivant! Excellence, c'est une
vierge aussi pure que la porte du ciel! Mais
elle est pauvre et de basse extraction...
comme moi, Excellence, que vous daignez
cependant élever jusqu'à vous par vos bontés; et ces méchantes harpies ont menacé le

professeur de se plaindre à vous de l'infraction qu'il commettait contre le règlement en introduisant dans leur classe une élève qui n'en fait point partie.

— Où pourrai-je donc entendre cette merveille?

— Que Votre Seigneurie donne l'ordre au professeur de la faire chanter devant elle; elle pourra juger de sa voix et de la grandeur de son talent.

— Ton assurance me donne envie de te croire. Tu dis donc que je l'ai déjà entendue, il y a longtemps... J'ai beau chercher à me rappeler...

— Dans l'église des Mendicanti, un jour de répétition générale, le *Salve Regina* de Pergolèse...

— Oh! j'y suis, s'écria le comte; une voix, un accent, une intelligence admirables!

— Et elle n'avait que quatorze ans, Monseigneur, c'était un enfant.

— Oui, mais... je crois me rappeler qu'elle n'était pas jolie.

— Pas jolie, Excellence ? dit Anzoleto tout interdit.

— Ne s'appelait-elle pas?... Oui, c'était une Espagnole, un nom bizarre...

— Consuelo, Monseigneur.

— C'est cela, tu voulais l'épouser alors, et vos amours nous ont fait rire, le professeur et moi. Consuelo ! c'est bien elle ; la favorite du professeur, une fille bien intelligente, mais bien laide !

— Bien laide ? répéta Anzoleto stupéfait.

— Eh oui, mon enfant. Tu en es donc toujours épris ?

— C'est mon amie, Illustrissime.

— Amie veut dire chez nous également sœur et amante. Laquelle des deux ?

— Sœur, mon maître.

— Eh bien, je puis, sans te faire de peine, te dire ce que j'en pense. Ton idée n'a pas le sens commun. Pour remplacer la Corilla, il faut un ange de beauté, et ta Consuelo, je m'en souviens bien maintenant, est plus que laide, elle est affreuse.

Le comte fut abordé en cet instant par un de ses amis, qui l'emmena d'un autre côté; et il laissa Anzoleto consterné se répéter en soupirant : — Elle est affreuse !...

7

Il vous paraîtra peut-être étonnant, et il est pourtant très certain, cher lecteur, que jamais Anzoleto n'avait eu d'opinion sur la beauté ou la laideur de Consuelo. Consuelo était un être tellement isolé, tellement ignoré dans Venise, que nul n'avait jamais songé à

chercher si, à travers ce voile d'oubli et
d'obscurité, l'intelligence et la bonté avaient
fini par se montrer sous une forme agréable
ou insignifiante. Porpora, qui n'avait plus de
sens que pour l'art, n'avait vu en elle que
l'artiste. Les voisins de la *Corte - Minelli*
voyaient sans se scandaliser ses innocentes
amours avec Anzoleto. A Venise on n'est
point féroce sur ce chapitre–là. Ils lui prédi-
saient bien parfois qu'elle serait malheureuse
avec ce garçon sans aveu et sans état, et ils
lui conseillaient de chercher plutôt à s'établir
avec quelque honnête et paisible ouvrier.
Mais comme elle leur répondait qu'étant sans
famille et sans appui elle-même, Anzoleto
lui convenait parfaitement ; comme, depuis
six ans, il ne s'était pas écoulé un seul jour
sans qu'on les vît ensemble, ne cherchant
point le mystère, et ne se querellant jamais,
on avait fini par s'habituer à leur union libre

et indissoluble. Aucun voisin ne s'était jamais avisé de faire la cour à l'*amica* d'Anzoleto. Était-ce seulement à cause des engagements qu'on lui supposait, ou bien était-ce à cause de sa misère ? ou bien encore n'était-ce pas que sa personne n'avait exercé de séduction sur aucun d'eux ? La dernière hypothèse est fort vraisemblable.

Cependant chacun sait que, de douze à quatorze ans, les jeunes filles sont généralement maigres, décontenancées, sans harmonie dans les traits, dans les proportions, dans les mouvements. Vers quinze ans elles se *refont* (c'est en français vulgaire l'expression des matrones); et celle qui paraissait affreuse naguère reparaît, après ce court travail de transformation, sinon belle, du moins agréable. On a remarqué même qu'il n'était pas avantageux à l'avenir d'une fillette d'être jolie de trop bonne heure.

Consuelo ayant recueilli comme les autres
le bénéfice de l'adolescence, on avait cessé de
dire qu'elle était laide; et le fait est qu'elle
ne l'était plus. Seulement, comme elle n'était
ni Dauphine, ni Infante, elle n'avait point eu
de courtisans autour d'elle pour proclamer
que la royale progéniture embellissait à vue
d'œil; et comme elle n'avait pas l'appui de
tendres sollicitudes pour s'inquiéter de son
avenir, personne ne prenait la peine de dire
à Anzoleto : « Ta fiancée ne te fera point rougir devant le monde. »

Si bien qu'Anzoleto l'avait entendu traiter
de laideron à l'âge où ce reproche n'avait
pour lui ni sens ni valeur; et depuis qu'on ne
disait plus ni mal ni bien de la figure de
Consuelo, il avait oublié de s'en préoccuper.
Sa vanité avait pris un autre essor. Il rêvait
le théâtre et la célébrité, et n'avait pas le
temps de songer à faire étalage de ses con-

quêtes. Et puis la grosse part de curiosité qui
entre dans les désirs de la première jeunesse
était assouvie chez lui. J'ai dit qu'à dix-
huit ans il n'avait plus rien à apprendre. A
vingt-deux ans, il était quasi blasé; et à
vingt-deux ans comme à dix-huit, son attachement pour Consuelo était aussi tranquille,
en dépit de quelques chastes baisers pris sans
trouble et rendus sans honte, qu'il l'avait été
jusque là.

Pour qu'on ne s'étonne pas trop de ce calme et de cette vertu de la part d'un jeune
homme qui ne s'en piquait point ailleurs, il
faut faire observer que la grande liberté dans
laquelle nos adolescents vivaient au commencement de cette histoire s'était modifiée
et peu à peu restreinte avec le temps. Consuelo avait près de seize ans, et menait encore une vie un peu vagabonde, sortant du
Conservatoire toute seule pour aller répéter

sa leçon et manger son riz sur les degrés de
la Piazzetta avec Anzoleto, lorsque sa mère,
épuisée de fatigue, cessa de chanter le soir
dans les cafés, une guitare à la main et une
sébile devant elle. La pauvre créature se
retira dans un des plus misérables greniers
de la *Corte-Minelli*, pour s'y éteindre à petit
feu sur un grabat. Alors la bonne Consuelo,
ne voulant plus la quitter, changea tout-à-
fait de genre de vie. Hormis les heures où le
professeur daignait lui donner sa leçon, elle
travaillait soit à l'aiguille, soit au contre-
point, toujours auprès du chevet de cette
mère impérieuse et désespérée, qui l'avait
cruellement maltraitée dans son enfance, et
qui maintenant lui donnait l'affreux spectacle d'une agonie sans courage et sans vertu.
La piété filiale et le dévoûment tranquille de
Consuelo ne se démentirent pas un seul in-
tant. Joies de l'enfance, liberté, vie errante,

amour même, tout fut sacrifié sans amertume et sans hésitation. Anzoleto s'en plaignit
vivement, et, voyant ses reproches inutiles,
résolut d'oublier et de se distraire; mais ce
lui fut impossible. Anzoleto n'était pas assi-
du au travail comme Consuelo; il prenait
vite et mal les mauvaises leçons que son professeur, pour gagner le salaire promis par
Zustiniani, lui donnait tout aussi mal et aussi
vite. Cela était fort heureux pour Anzoleto,
en qui les prodigalités de la nature répa-
raient aussi bien que possible le temps perdu
et les effets d'un mauvais enseignement;
mais il en résultait bien des heures d'oisiveté
durant lesquelles la société fidèle et enjouée
de Consuelo lui manquait horriblement. Il
tenta de s'adonner aux passions de son âge
et de sa classe; il fréquenta les cabarets, et
joua avec les polissons les petites gratifica-
tions que lui octroyait de temps en temps le

comte Zustiniani. Cette vie lui plut deux ou
trois semaines, au bout desquelles il trouva
que son bien-être, sa santé et sa voix s'alté-
raient sensiblement ; que le *far-niente* n'était
pas le désordre, et que le désordre n'était pas
son élément. Préservé des mauvaises passions par l'amour bien entendu de soi-même,
il se retira dans la solitude et s'efforça d'étudier ; mais cette solitude lui sembla effrayante
de tristesse et de difficultés. Il s'aperçut alors
que Consuelo était aussi nécessaire à son talent qu'à son bonheur. Studieuse et persévé-
rante, vivant dans la musique comme l'oiseau dans l'air et le poisson dans l'eau, aimant
à vaincre les difficultés sans se rendre plus
de raison de l'importance de cette victoire
qu'il n'appartient à un enfant, mais poussée
fatalement à combattre les obstacles et à pé-
nétrer les mystères de l'art, par cet invincible instinct qui fait que le germe des plantes

cherche à percer le sein de la terre et à se
lancer vers le jour. Consuelo avait une de ces
rares et bienheureuses organisations pour
lesquelles le travail est une jouissance, un
repos véritable, un état normal nécessaire,
et pour qui l'inaction serait une fatigue, un
dépérissement, un état maladif, si l'inaction
était possible à de telles natures. Mais elles
ne la connaissent pas; dans une oisiveté apparente, elles travaillent encore; leur rêverie n'est point vague, c'est une méditation.
Quand on les voit agir, on croit qu'elles
créent, tandis qu'elles manifestent seulement
une création récente. — Tu me diras, cher
lecteur, que tu n'as guère connu de ces organisations exceptionnelles. Je te répondrai,
lecteur bien aimé, que je n'en ai connu
qu'une seule, et si, suis-je plus vieux que toi.
Que ne puis-je te dire que j'ai analysé sur
mon pauvre cerveau le divin mystère de

cette activité intellectuelle! Mais, hélas! ami
lecteur, ce n'est ni toi ni moi qui l'étudie-
rons sur nous-mêmes.

Consuelo travaillait toujours, en s'amusant
toujours; elle s'obstinait des heures entières
à vaincre, soit par le chant libre et capricieux, soit par la lecture musicale, des difficultés qui eussent rebuté Anzoleto livré à
lui-même; et sans dessein prémédité, sans
aucune idée d'émulation, elle le forçait à la
suivre, à la seconder, à la comprendre et à
lui répondre, tantôt au milieu de ses éclats
de rire enfantins, tantôt emportée avec lui
par cette *fantasia* poétique et créatrice que
connaissent les organisations populaires en
Espagne et en Italie. Depuis plusieurs années
qu'il s'était imprégné du génie de Consuelo,
le buvant à sa source sans le comprendre, et
se l'appropriant sans s'en apercevoir, Anzoleto, retenu d'ailleurs par sa paresse, était

devenu en musique un étrange composé de
savoir et d'ignorance, d'inspiration et de fri-
volité, de puissance et de gaucherie, d'audace et de faiblesse, qui avait plongé, à la
dernière audition, le Porpora dans un dédale
de méditations et de conjectures. Ce maître
ne savait point le secret de toutes ces richesses dérobées à Consuelo; car ayant une fois
sévèrement grondé la petite de son intimité
avec ce grand vaurien, il ne les avait jamais
revus ensemble. Consuelo, qui tenait à conserver les bonnes grâces de son professeur,
avait eu soin de ne jamais se montrer devant
lui en compagnie d'Anzoleto, et du plus loin
qu'elle l'apercevait dans la rue, si Anzoleto
était avec elle, leste comme un jeune chat,
elle se cachait derrière une colonne ou se
blottissait dans une gondole.

Ces précautions continuèrent lorsque Consuelo, devenue garde-malade, et Anzoleto

né pouvant plus supporter son absence, sentant la vie, l'espoir, l'inspiration et jusqu'à u souffle lui manquer, revint partager s avie sédentaire, et affronter avec elle tous les soirs les âcretés et les emportements de la moribonde. Quelques mois avant d'en finir, cette malheureuse femme perdit l'énergie de ses souffrances, et, vaincue par la piété de sa fille, sentit son âme s'ouvrir à de plus douces émotions. Elle s'habitua à recevoir les soins d'Anzoleto, qui, malgré son peu de vocation pour ce rôle de dévoûment, s'habitua de son côté à une sorte de zèle enjoué et de douceur complaisante envers la faiblesse et la souffrance. Anzoleto avait le caractère égal et les manières bienveillantes. Sa persévérance auprès d'elle et de Consuelo gagna enfin son cœur, et, à son heure dernière, elle leur fit jurer de ne se quitter jamais. Anzoleto le promit, et même il éprouva en cet instant solennel une sorte

d'attendrissement sérieux qu'il ne connaissait
pas encore. La mourante lui rendit cet engagement plus facile en lui disant : Qu'elle soit
ton amie, ta sœur, ta maîtresse ou ta femme,
puisqu'elle ne connaît que toi et n'a jamais
voulu écouter que toi, ne l'abandonne pas.
— Puis, croyant donner à sa fille un conseil
bien habile et bien salutaire, sans trop songer
s'il était réalisable ou non, elle lui avait fait
jurer en particulier, ainsi qu'on l'a vu déjà,
de ne jamais s'abandonner à son amant avant
la consécration religieuse du mariage.
Consuelo l'avait juré, sans prévoir les obstacles que le caractère indépendant et irré-
ligieux d'Anzoleto pourrait apporter à ce
projet.

Devenue orpheline, Consuelo avait continué de travailler à l'aiguille pour vivre dans
le présent, et d'étudier la musique pour s'as-
socier à l'avenir d'Anzoleto. Depuis deux ans

qu'elle vivait seule dans son grenier, il avait
continué à la voir tous les jours, sans éprouver pour elle aucune passion, et sans pouvoir
en éprouver pour d'autres femmes, tant la
douceur de son intimité et l'*agrément de vivre
auprès d'elle* lui semblaient préférables à
tout.

Sans se rendre compte des hautes facultés
de sa compagne, il avait acquis désormais
assez de goût et de discernement pour savoir
qu'elle avait plus de science et de moyens
qu'aucune des cantatrices de San-Samuel et
que la Corilla elle-même. A son affection
d'habitude s'était donc joint l'espoir et presque la certitude d'une association d'intérêts,
qui rendrait leur existence profitable et brillante avec le temps. Consuelo n'avait guère
coutume de penser à l'avenir. La prévoyance
n'était point au nombre de ses occupations
d'esprit. Elle eût encore cultivé la musique

sans autre but que celui d'obéir à sa vocation ; et la communauté d'intérêts que la
pratique de cet art devait établir entre elle et
son ami, n'avait pas d'autre sens pour elle
que celui d'association de bonheur et d'affection. C'était donc sans l'en avertir qu'il
avait conçu tout-à-coup l'espoir de hâter la
réalisation de leurs rêves ; et en même temps
que Zustiniani s'était préoccupé du rempla-
cement de la Corilla, Anzoleto, devinant avec
une rare sagacité la situation d'esprit de son
patron, avait improvisé la proposition qu'il
venait de lui faire.

Mais la laideur de Consuelo, cet obstacle
inattendu, étrange, invincible, si le comte ne
se trompait pas, était venu jeter l'effroi et la
consternation dans son âme. Aussi reprit-il
le chemin de la *Corte-Minelli*, en s'arrêtant
à chaque pas pour se représenter sous un

nouveau jour l'image de son amie, et pour
répéter avec un point d'interrogation à
chaque parole : Pas jolie ? bien laide ? affreuse ?

8

— Qu'as-tu donc à me regarder ainsi? lui dit Consuelo en le voyant entrer chez elle et la contempler d'un air étrange sans lui dire un mot. On dirait que tu ne m'as jamais vue.

— C'est la vérité, Consuelo, répondit-il. Je ne t'ai jamais vue.

— As-tu l'esprit égaré ? reprit-elle. Je ne sais pas ce que tu veux dire.

— Mon Dieu ! mon Dieu ! je le crois bien, s'écria Anzoleto. J'ai une grande tache noire dans le cerveau à travers laquelle je ne te vois pas.

— Miséricorde ! tu es malade, mon ami ?

— Non, chère fille, calme-toi, et tâchons de voir clair. Dis-moi, Consuelita, est-ce que tu me trouves beau ?

— Mais certainement, puisque je t'aime.

— Et si tu ne m'aimais pas, comment me trouverais-tu ?

— Est-ce que je le sais ?

— Quand tu regardes d'autres hommes que moi, sais-tu s'ils sont beaux ou laids ?

— Oui ; mais je te trouve plus beau que les plus beaux.

— Est-ce parce que je le suis ou parce que tu m'aimes ?

— Je crois bien que c'est l'un et l'autre. D'ailleurs tout le monde dit que tu es beau, et tu le sais bien. Mais qu'est-ce que cela te fait?

— Je veux savoir si tu m'aimerais quand même je serais affreux.

— Je ne m'en apercevrais peut-être pas.

— Tu crois donc qu'on peut aimer une personne laide?

— Pourquoi pas, puisque tu m'aimes?

— Tu es donc laide, Consuelo? Vraiment, dis-moi, réponds-moi, tu es donc laide?

— On me l'a toujours dit. Est-ce que tu ne le vois pas?

— Non, non, en vérité, je ne le vois pas!

— En ce cas, je me trouve assez belle, et je suis bien contente.

— Tiens, dans ce moment-ci, Consuelo, quand tu me regardes d'un air si bon, si na-

turel, si aimant, il me semble que tu es plus
belle que la Corilla. Mais je voudrais savoir
si c'est l'effet de mon illusion ou la vérité. Je
connais ta physionomie, je sais qu'elle est
honnête et qu'elle me plaît, et que quand je
suis en colère, elle me calme ; que quand je
suis triste, elle m'égaie ; que quand je suis
abattu, elle me ranime. Mais je ne connais
pas ta figure. Ta figure, Consuelo, je ne
peux pas savoir si elle est laide.

— Mais qu'est-ce que cela te fait, encore
une fois ?

— Il faut que je le sache. Dis-moi si un
homme beau pourrait aimer une femme laide.

— Tu aimais bien ma pauvre mère qui
n'était plus qu'un spectre ! Et moi, je l'aimais
tant !

— Et la trouvais-tu laide ?

— Non. Et toi ?

— Je n'y songeais pas. Mais aimer d'amour,

Consuelo..... car enfin je t'aime d'amour,
n'est-ce pas? Je ne peux pas me passer de toi,
je ne peux pas te quitter. C'est de l'amour,
que t'en semble?

— Est-ce que cela pourrait être autre
chose?

— Cela pourrait être de l'amitié.

— Oui, cela pourrait être de l'amitié.

Ici Consuelo surprise s'arrêta, et regarda
attentivement Anzoleto; et lui, tombant
dans une rêverie mélancolique, se demanda
positivement pour la première fois, s'il avait
de l'amour ou de l'amitié pour Consuelo; si
le calme de ses sens, si la chasteté qu'il observait facilement auprès d'elle, étaient le
résultat du respect ou de l'indifférence. Pour
la première fois, il regarda cette jeune fille
avec les yeux d'un jeune homme, interrogeant,
avec un esprit d'analyse qui n'était pas sans
trouble, ce front, ces yeux, cette taille, et tous

ces détails dont il n'avait jamais saisi qu'une sorte d'ensemble idéal et comme voilé dans sa pensée. Pour la première fois, Consuelo interdite se sentit troublée par le regard de son ami; elle rougit, son cœur battit avec violence, et ses yeux se détournèrent, ne pouvant supporter ceux d'Anzoleto. Enfin, comme il gardait toujours le silence, et qu'elle n'osait plus le rompre, une angoisse inexprimable s'empara d'elle, de grosses larmes roulèrent sur ses joues; et cachant sa tête dans ses mains :

— Oh! je vois bien, dit-elle, tu viens me dire que tu ne veux plus de moi pour ton amie.

— Non, non! je n'ai pas dit cela! je ne le dis pas! s'écria Anzoleto effrayé de ces larmes qu'il faisait couler pour la première fois; et vivement ramené à son sentiment fraternel, il entoura Consuelo de ses bras. Mais, comme elle détournait son visage, au lieu de sa joue fraîche et calme, il baisa une épaule brûlante que cachait mal un fichu de grosse dentelle noire.

Quand le premier éclair de la passion s'allume instantanément dans une organisation forte, restée chaste comme l'enfance au milieu du développement complet de la jeunesse, elle y porte un choc violent et presque douloureux.

— Je ne sais ce que j'ai, dit Consuelo en s'arrachant des bras de son ami avec une sorte de crainte qu'elle n'avait jamais éprouvée ; mais je me sens bien mal : il me semble que je vais mourir.

— Ne meurs pas, lui dit Anzoleto en la suivant et en la soutenant dans ses bras ; tu es belle, Consuelo, je suis sûr que tu es belle !

En effet, Consuelo était belle en cet instant ;

et quoique Anzoleto n'en fût pas certain au
point de vue de l'art, il ne pouvait s'empêcher
de le dire, parce que son cœur le sentait vivement.

— Mais enfin, lui dit Consuelo toute pâlie
et tout abattue en un instant, pourquoi
donc tiens-tu aujourd'hui à me trouver
belle ?

— Ne voudrais-tu pas l'être, chère Consuelo ?

— Oui, pour toi.

— Et pour les autres ?

— Peu m'importe.

— Et si c'était une condition pour notre
avenir ? — Ici Anzoleto, voyant l'inquiétude
qu'il causait à son amie, lui rapporta naïvement ce qui s'était passé entre le comte et
lui ; et quand il en vint à répéter les expressions peu flatteuses dont Zustiniani s'était
servi en parlant d'elle, la bonne Consuelo,

qui peu à peu s'était tranquillisée en croyant voir tout ce dont il s'agissait, partit d'un grand éclat de rire en achevant d'essuyer ses yeux humides.

— Eh bien ! lui dit Anzoleto tout surpris de cette absence totale de vanité, tu n'es pas plus émue, pas plus inquiète que cela? Ah ! je vois, Consuelina, vous êtes une petite coquette; vous savez que vous n'êtes pas laide.

— Ecoute, lui répondit-elle en souriant, puisque tu prends de pareilles folies au sérieux, il faut que je te tranquillise un peu. Je n'ai jamais été coquette : n'étant pas belle, je ne veux pas être ridicule. Mais quant à être laide, je ne le suis plus.

— Vraiment on te l'a dit ? Qui t'a dit cela, Consuelo ?

— D'abord ma mère, qui ne s'est jamais tourmentée de ma laideur. Je lui ai entendu

dire souvent que cela se passerait, qu'elle
avait été encore plus laide dans son enfance ;
et beaucoup de personnes qui l'avaient connue m'ont dit qu'à vingt ans elle avait été
la plus belle fille de Burgos. Tu sais bien que
quand par hasard quelqu'un la regardait
dans les cafés où elle chantait, on disait :
Cette femme doit avoir été belle. Vois-tu,
mon pauvre ami, la beauté est comme cela
quand on est pauvre ; c'est un instant : on
n'est pas belle encore, et puis bientôt on ne
l'est plus. Je le serai peut-être, qui sait ? si
je peux ne pas me fatiguer trop, avoir du
sommeil, et ne pas trop souffrir de la faim.

—Consuelo, nous ne nous quitterons pas ;
bientôt je serai riche, et tu ne manqueras de
rien. Tu pourras donc être belle à ton aise.

— A la bonne heure. Que Dieu fasse le
reste !

— Mais tout cela ne conclut à rien pour le

présent, et il s'agit de savoir si le comte te trouvera assez belle pour paraître au théâtre.

— Maudit comte ! pourvu qu'il ne fasse pas trop le difficile !

— D'abord, tu n'es pas laide.

— Non, je ne suis pas laide. J'ai entendu, il n'y a pas longtemps, le verrotier qui demeure ici en face, dire à sa femme : Sais-tu que la Consuelo n'est pas vilaine ? Elle a une belle taille, et quand elle rit, elle vous met tout le cœur en joie ; et quand elle chante, elle paraît jolie.

— Et qu'est-ce que la femme du verrotier a répondu ?

— Elle a répondu : Qu'est-ce que cela te fait, imbécile ? Songe à ton ouvrage ; est-ce qu'un homme marié doit regarder les jeunes filles ?

— Paraissait-elle fâchée ?

— Bien fâchée.

— C'est bon signe. Elle sentait que son mari ne se trompait pas. Et puis encore ?

— Et puis encore, la comtesse Mocenigo, qui me donne de l'ouvrage, et qui s'est toujours intéressée à moi, a dit la semaine dernière au docteur Ancillo, qui était chez elle au moment où j'entrais : Regardez donc, monsieur le docteur, comme cette *zitella* a grandi, et comme elle est devenue blanche et bien faite !

— Et qu'a répondu le docteur ?

— Il a répondu : C'est vrai, Madame, par Bacchus ! Je ne l'aurais pas reconnue ; elle est de la nature des phlegmatiques, qui blanchissent en prenant un peu d'embonpoint. Ce sera une belle fille, vous verrez cela.

— Et puis encore ?

— Et puis encore la supérieure de Santa-Chiara, qui me fait faire des broderies pour

ses autels, et qui a dit à une de ses sœurs :
Tenez, voyez si ce que je vous disais n'est pas
vrai? La Consuelo ressemble à notre sainte
Cécile. Toutes les fois que je fais ma prière
devant cette image, je ne peux pas m'empêcher de penser à cette petite ; et alors je prie
pour elle, afin qu'elle ne tombe pas dans le
péché, et qu'elle ne chante jamais que pour
l'église.

— Et qu'a répondu la sœur ?

— La sœur a répondu : C'est vrai, ma
mère ; c'est tout à fait vrai. Et moi j'ai été
bien vite dans leur église, et j'ai regardé la
sainte Cécile qui est d'un grand maître, et
qui est belle, bien belle !

— Et qui te ressemble ?

— Un peu.

— Et tu ne m'as jamais dit cela?

— Je n'y ai pas pensé.

— Chère Consuelo, tu es donc belle ?

— Je ne crois pas; mais je ne suis plus si laide qu'on le disait. Ce qu'il y a de sûr, c'est qu'on ne me le dit plus. Il est vrai que c'est peut-être parce qu'on s'imagine que cela me ferait de la peine à présent.

— Voyons, Consuelina, regarde-moi bien. Tu as les plus beaux yeux du monde, d'abord!

— Mais la bouche est grande, dit Consuelo en riant, et en prenant un petit morceau de miroir cassé qui lui servait de *psyché* pour se regarder.

— Elle n'est pas petite; mais quelles belles dents! reprit Anzoleto; ce sont des perles fines, et tu les montres toutes quand tu ris.

— En ce cas tu me diras quelque chose qui me fasse rire, quand nous serons devant le comte.

— Tu as des cheveux magnifiques, Consuelo?

— Pour cela oui ! Veux-tu les voir ? Elle détacha ses épingles, et laissa tomber jusqu'à terre un torrent de cheveux noirs, où le soleil brilla comme dans une glace.

— Et tu as la poitrine large, la ceinture fine, les épaules... ah! bien belles, Consuelo ! Pourquoi me les caches-tu ? Je ne demande à voir que ce qu'il faudra bien que tu montres au public.

— J'ai le pied assez petit, dit Consuelo pour détourner la conversation ; et elle montra un véritable petit pied andaloux, beauté à peu près inconnue à Venise.

— La main est charmante aussi, dit Anzoleto en baisant, pour la première fois, la main que jusque là il avait serrée amicalement comme celle d'un camarade. Laisse-moi voir tes bras.

— Tu les as vus cent fois, dit-elle en ôtant ses mitaines.

—Non, je ne les avais jamais vus, dit Anzoleto que cet examen innocent et dangereux commençait à agiter singulièrement. Et il retomba dans le silence, couvant du regard cette jeune fille que chaque coup d'œil embellissait et transformait à ses yeux.

Peut-être n'était-ce pas tout-à-fait qu'il eût été aveugle jusqu'alors ; car peut-être était-ce la première fois que Consuelo dépouillait, sans le savoir, cet air insouciant qu'une parfaite régularité de lignes peut seule faire accepter. En cet instant, émue encore d'une vive atteinte portée à son cœur, redevenue naïve et confiante, mais conservant un imperceptible embarras qui n'était pas l'éveil de la coquetterie, mais celui de la pudeur sentie et comprise, son teint avait une pâleur transparente, et ses yeux un éclat pur et serein qui la faisaient ressembler certainement à la sainte Cécile des nones de Santa-Chiara.

Anzoleto n'en pouvait plus détacher ses yeux. Le soleil s'était couché ; la nuit se faisait vite dans cette grande chambre éclairée d'une seule petite fenêtre ; et dans cette demi-teinte, qui embellissait encore Consuelo, semblait nager autour d'elle un fluide d'insaisissables voluptés. Anzoleto eut un instant la pensée de s'abandonner aux désirs qui s'éveillaient en lui avec une impétuosité toute nouvelle, et à cet entraînement se joignait par éclairs une froide réflexion. Il songeait à expérimenter, par l'ardeur de ses transports, si la beauté de Consuelo aurait autant de puissance sur lui que celle des autres femmes réputées belles qu'il avait possédées. Mais il n'osa pas se livrer à ces tentations indignes de celle qui les inspirait. Insensiblement son

émotion devint plus profonde, et la crainte
d'en perdre les étranges délices lui fit désirer
de la prolonger.

Tout-à-coup, Consuelo, ne pouvant plus
supporter son embarras, se leva, et faisant
un effort sur elle-même pour revenir à leur
enjouement, se mit à marcher dans la chambre, en faisant de grands gestes de tragédie,
et en chantant d'une manière un peu outrée
plusieurs phrases de drame lyrique, comme
si elle fût entrée en scène.

— Eh bien, c'est magnifique! s'écria Anzoleto ravi de surprise en la voyant capable
d'un charlatanisme qu'elle ne lui avait jamais
montré.

— Ce n'est pas magnifique, dit Consuelo
en se rasseyant ; et j'espère que c'est pour
rire que tu dis cela ?

— Ce serait magnifique à la scène. Je t'as-
sure qu'il n'y aurait rien de trop. Corilla en

crèverait de jalousie ; car c'est tout aussi frappant que ce qu'elle fait dans les moments où on l'applaudit à tout rompre.

— Mon cher Anzoleto, répondit Consuelo, je ne voudrais pas que la Corilla crevât de jalousie pour de semblables jongleries, et si le public m'applaudissait parce que je sais la singer, je ne voudrais plus reparaître devant lui.

— Tu feras donc mieux encore ?

— Je l'espère, ou bien je ne m'en mêlerai pas.

— Eh bien, comment feras-tu ?

— Je n'en sais rien encore.

— Essaie.

— Non ; car tout cela, c'est un rêve, et avant que l'on ait décidé si je suis laide ou non, il ne faut pas que nous fassions tant de beaux projets. Peut-être que nous sommes

fous dans ce moment, et que, comme l'a dit
M. le comte, la Consuelo est affreuse.

Cette dernière hypothèse rendit à Anzoleto
la force de s'en aller.

9

A cette époque de sa vie, à peu près inconnue des biographes, un des meilleurs
compositeurs de l'Italie et le plus grand professeur de chant du dix-huitième siècle, l'é-
lève de Scarlatti, le maître de Hasse, de Farinelli, de Cafarelli, de la Mingotti, de Salim-

bini, de Hubert (dit le *Porporino*) , de la Gabrielli, de la Molteni, en un mot le père de la plus célèbre école de chant de son temps, Nicolas Porpora, languissait obscurément à Venise, dans un état voisin de la misère et du désespoir. Il avait dirigé cependant naguère, dans cette même ville, le Conservatoire de l'*Ospedaletto*, et cette période de sa vie avait été brillante. Il y avait écrit et fait chanter ses meilleurs opéras, ses plus belles cantates, et ses principaux ouvrages de musique d'église. Appelé à Vienne en 1728, il y avait conquis, après quelque combat, la faveur de l'empereur Charles VI. Favorisé aussi à la cour de Saxe (1), Porpora avait été appelé ensuite à Londres, où il avait eu la

(1) Il y donna des leçons de chant et de composition à la princesse électorale de Saxe, qui fut depuis, en France, la *Grande Dauphine*, mère de Louis XVI, de Louis XVIII et de Charles X.

gloire de rivaliser pendant neuf ou dix ans
avec Handel, le maître des maîtres, dont l'é-
toile pâlissait à cette époque. Mais le génie
de ce dernier l'avait emporté enfin, et le Porpora, blessé dans son orgueil ainsi que mal-
traité dans sa fortune, était revenu à Venise
reprendre sans bruit et non sans peine la direction d'un autre conservatoire. Il y écrivait
encore des opéras : mais c'est avec peine
qu'il les faisait représenter ; et le dernier,
bien que composé à Venise, fut joué à Londres, où il n'eut point de succès. Son génie
avait reçu ces profondes atteintes dont la fortune et la gloire eussent pu le relever ; mais
l'ingratitude de Hasse, de Farinelli, et de Cafarelli, qui l'abandonnèrent de plus en plus,
acheva de briser son cœur, d'aigrir son caractère et d'empoisonner sa vieillesse. On
sait qu'il est mort misérable et désolé, dans
sa quatre-vingtième année à Naples.

A l'époque où le comte Zustiniani, prévoyant et désirant presque la défection de
Corilla, cherchait à remplacer cette cantatrice, le Porpora était en proie à de violents
accès d'humeur atrabilaire, et son dépit
n'était pas toujours mal fondé; car si l'on aimait et si l'on chantait à Venise la musique
de Jomelli, de Lotti, de Carissimi, de Gaspa-
rini, et d'autres excellents maîtres, on y pri-
sait sans discernement la musique bouffe de
Cocchi, del Buini, de Salvator Apollini, et
d'autres compositeurs plus ou moins indigènes, dont le style commun et facile flattait le
goût des esprits médiocres. Les opéras de
Hasse ne pouvaient plaire à son maître juste-
ment irrité. Le respectable et malheureux
Porpora, fermant son cœur et ses oreilles à la
musique des modernes, cherchait donc à les
écraser sous la gloire et l'autorité des anciens. Il étendait sa réprobation trop sévère

jusque sur les gracieuses compositions de Ga-
loppi, et jusque sur les originales fantaisies
du Chiozzetto, le compositeur populaire de
Venise. Enfin il ne fallait plus lui parler que
du père Martini, de Durante, de Monteverde
de, de Palestrina ; j'ignore si Marcello et Leo
trouvaient grâce devant lui. Ce fut donc froidement et tristement qu'il reçut les premières ouvertures du comte Zustiniani con-
cernant son élève inconnue, la pauvre Consuelo, dont il désirait pourtant le bonheur et
la gloire; car il était trop expérimenté dans
le professorat pour ne pas savoir tout ce
qu'elle valait, tout ce qu'elle méritait. Mais à
l'idée de voir profaner ce talent si pur et si
fortement nourri de la manne sacrée des
vieux maîtres, il baissa la tête d'un air consterné, et répondit au comte : — Prenez-la
donc, cette âme sans tache, cette intelligence
sans souillure; jetez-la aux chiens, et livrez-

la aux bêtes, puisque telle est la destinée du
génie au temps où nous sommes.

Cette douleur à la fois sérieuse et comique
donna au comte une idée du mérite de l'élève, par le prix qu'un maître si rigide y atta-
chait.—Eh quoi, mon cher maestro, s'écria-
t-il, est-ce là en effet votre opinion? La Consuelo est-elle un être aussi extraordinaire,
aussi divin?

— Vous l'entendrez, dit le Porpora d'un
air résigné; et il répéta : C'est sa destinée!

Cependant le comte vint à bout de relever
les esprits abattus du maître, en lui faisant
espérer une réforme sérieuse dans le choix
des opéras qu'il mettrait au répertoire de son
théâtre. Il lui promit l'exclusion des mauvais
ouvrages, aussitôt qu'il aurait expulsé la Corilla, sur le caprice de laquelle il rejeta leur
admission et leur succès. Il fit même entendre adroitement qu'il serait très sobre de

Hasse, et déclara que si le Porpora voulait écrire un opéra pour Consuelo, le jour où l'élève couvrirait son maître d'une double gloire en exprimant sa pensée dans le style qui lui convenait, ce jour serait celui du triomphe lyrique de San Samuel et le plus beau de la vie du comte.

Le Porpora, vaincu, commença donc à se radoucir, et à désirer secrètement le début de son élève autant qu'il l'avait redouté jusque là, craignant de donner avec elle une nouvelle vogue aux ouvrages de son rival. Mais comme le comte lui exprimait ses inquiétudes sur la figure de Consuelo, il refusa de la lui faire entendre en particulier et à l'improviste.—Je ne vous dirai point, répondait-il à ses questions et à ses instances, que ce soit une beauté. Une fille aussi pauvrement vêtue, et timide comme doit l'être, en présence d'un seigneur et d'un juge de votre

sorte, un enfant du peuple qui n'a jamais été
l'objet de la moindre attention, ne saurait se
passer d'un peu de toilette et de préparation.
Et puis la Consuelo est de celles que l'expression du génie rehausse extraordinairement.
Il faut la voir et l'entendre en même temps.
Laissez-moi faire : si vous n'en êtes pas con-
tent, vous me la laisserez, et je trouverai
bien moyen d'en faire une bonne religieuse,
qui fera la gloire de l'école, en formant des
élèves sous sa direction. Tel était en effet l'a-
venir que jusque là le Porpora avait rêvé
pour Consuelo.

Quand il revit son élève, il lui annonça
qu'elle aurait à être entendue et jugée par le
comte. Mais comme elle lui exprima naïvement sa crainte d'être trouvée laide, il lui fit
croire qu'elle ne serait point vue, et qu'elle
chanterait derrière la tribune grillée de l'orgue, le comte assistant à l'office dans l'église.

Seulement il lui recommanda de s'habiller décemment, parce qu'elle aurait à être présentée ensuite à ce seigneur; et, bien qu'il fût pauvre aussi, le noble maître, il lui donna quelque argent à cet effet. Consuelo, tout interdite, tout agitée, occupée pour la première fois du soin de sa personne, prépara donc à la hâte sa toilette et sa voix; elle essaya vite la dernière, et la trouvant si fraîche, si forte, si souple, elle répéta plus d'une fois à Anzoleto, qui l'écoutait avec émotion et ravissement : Hélas ! pourquoi faut-il donc quelque chose de plus à une cantatrice que de savoir chanter ?

10

La veille du jour solennel, Anzoleto trouva
la porte de Consuelo fermée au verrou, et,
après qu'il eut attendu presque un quart
d'heure sur l'escalier, il fut admis enfin à
voir son amie revêtue de sa toilette de fête,
dont elle avait voulu faire l'épreuve devant

lui. Elle avait une jolie robe de toile de Perse
à grandes fleurs , un fichu de dentelles, et
de la poudre. Elle était si changée ainsi ,
qu'Anzoleto resta quelques instants incertain , ne sachant si elle avait gagné ou perdu
à cette transformation. L'irrésolution que
Consuelo lut dans ses yeux fut pour elle un
coup de poignard .

— Ah ! tiens, s'écria-t-elle , je vois bien
que je ne te plais pas ainsi. A qui donc sem-
blerai-je supportable , si celui qui m'aime
n'éprouve rien d'agréable en me regardant?

— Attends donc un peu , répondit Anzoleto ; d'abord je suis frappé de ta belle taille
dans ce long corsage , et de ton air distingué
sous ces dentelles. Tu portes à merveille les
larges plis de ta jupe. Mais je regrette tes
cheveux noirs... du moins je le crois... Mais
c'est la tenue du peuple , et il faut que tu
sois demain une signora.

— Et pourquoi faut-il que je sois une signora ? Moi, je hais cette poudre qui affadit,
et qui vieillit les plus belles. J'ai l'air em-
pruntée sous ces falbalas ; en un mot, je me
déplais ainsi, et je vois que tu es de mon
avis. Tiens, j'ai été ce matin à la répétition,
et j'ai vu la Clorinda qui essayait aussi une
robe neuve. Elle était si pimpante, si brave,
si belle (oh ! celle-là est heureuse, et il ne
faut pas la regarder deux fois pour s'assurer
de sa beauté), que je me sens effrayée de
paraître à côté d'elle devant le comte.

— Sois tranquille, le comte l'a vue ; mais
il l'a entendue aussi.

— Et elle a mal chanté ?

— Comme elle chante toujours.

— Ah ! mon ami, ces rivalités gâtent le
cœur. Il y a quelque temps si la Clorinda, qui
est une bonne fille malgré sa vanité, eût
fait *fiasco* devant un juge, je l'aurais plainte

du fond de l'âme, j'aurais partagé sa peine et son humiliation. Et voilà qu'aujourd'hui je me surprends à m'en réjouir! Lutter, envier, chercher à se détruire mutuellement; et tout cela pour un homme qu'on n'aime pas, qu'on ne connaît pas! Je me sens affreusement triste, mon cher amour, et il me semble que je suis aussi effrayée de l'idée de réussir que de celle d'échouer. Il me semble que notre bonheur prend fin, et que demain après l'épreuve, quelle qu'elle soit, je rentrerai dans cette pauvre chambre, tout autre que je n'y ai vécu jusqu'à présent.

Deux grosses larmes roulèrent sur les joues de Consuelo. — Eh bien! tu vas pleurer, à présent? s'écria Anzoleto. Y songes-tu? tu vas ternir tes yeux et gonfler tes paupières? Tes yeux, Consuelo! ne va pas gâter tes yeux, qui sont ce que tu as de plus beau.

— Ou de moins laid ! dit-elle en essuyant ses larmes. Allons, quand on se donne au monde, on n'a même pas le droit de pleurer.

Son ami s'efforça de la consoler, mais elle fut amèrement triste tout le reste du jour ; et le soir, lorsqu'elle se retrouva seule, elle ôta soigneusement sa poudre, décrêpa et lissa ses beaux cheveux d'ébène, essaya une petite robe de soie noire encore fraîche qu'elle mettait ordinairement le dimanche, et reprit confiance en elle-même en se retrouvant devant sa glace telle qu'elle se connaissait. Puis elle fit sa prière avec ferveur, songea à sa mère, s'attendrit, et s'endormit en pleurant. Lorsqu'Anzoleto vint la chercher le lendemain pour la conduire à l'église, il la trouva à son épinette, habillée et peignée comme tous les dimanches, et repassant son morceau d'épreuve. — Eh quoi ! s'écria-t-il, pas encore coiffée, pas encore parée ! L'heure approche, à quoi songes-tu, Consuelo ?

—Mon ami, répondit-elle avec résolution, je suis parée, je suis coiffée, je suis tranquille. Je veux rester ainsi. Ces belles robes ne me vont pas. Mes cheveux noirs te plaisent mieux que la poudre. Ce corsage ne gêne pas ma respiration. Ne me contredis pas : mon parti est pris. J'ai demandé à Dieu de m'inspirer, et à ma mère de veiller sur ma conduite. Dieu m'a inspiré d'être modeste et simple. Ma mère est venue me voir en rêve, et elle m'a dit ce qu'elle me disait toujours : Occupe-toi de bien chanter, la Providence fera le reste. Je l'ai vue qui prenait ma belle robe, mes dentelles et mes rubans, et qui les rangeait dans l'armoire ; après quoi, elle a placé ma robe noire et ma mantille de mousseline blanche sur la chaise à côté de mon lit. Aussitôt que j'ai été éveillée, j'ai serré la toilette comme elle l'avait fait dans mon rêve, et j'ai mis la robe noire et la mantille : me voilà prête. Je me sens du courage depuis que j'ai renoncé à plaire par des moyens dont je ne sais pas me servir. Tiens, écoute ma voix, tout est là, vois-tu.

Elle fit un trait.—Juste ciel! nous sommes perdus! s'écria Anzoleto ; ta voix est voilée, et tes yeux sont rouges. Tu as pleuré hier soir, Consuelo ; voilà une belle affaire! Je te dis que nous sommes perdus, que tu es folle avec ton caprice de t'habiller de deuil un jour de fête; cela porte malheur et cela t'enlaidit. Et vite, et vite! reprends ta belle robe, pendant que j'irai t'acheter du rouge. Tu es pâle comme un spectre.

Une discussion assez vive s'éleva entre eux à ce sujet. Anzoleto fut un peu brutal. Le chagrin rentra dans l'âme de la pauvre fille ; ses larmes coulèrent encore. Anzoleto s'en

irrita davantage, et, au milieu du débat,
l'heure sonna, l'heure fatale, le quart avant
deux heures, juste le temps de courir à l'é-
glise, et d'y arriver en s'essoufflant. Anzoleto
maudit le ciel par un jurement énergique.
Consuelo, plus pâle et plus tremblante que
l'étoile du matin qui se mire au sein des lagunes, se regarda une dernière fois dans sa
petite glace brisée : puis se retournant, elle
se jeta impétueusement dans les bras d'Anzoleto.— O mon ami, s'écria-t-elle, ne me
gronde pas, ne me maudis pas. Embrasse-
moi bien fort, au contraire, pour ôter à mes
joues cette pâleur livide. Que ton baiser soit
comme le feu de l'autel sur les lèvres d'Isaïe,
et que Dieu ne nous punisse pas d'avoir douté
de son secours !

Alors, elle jeta vivement sa mantille sur
sa tête, prit ses cahiers, et, entraînant son
amant consterné, elle courut aux Mendi-

canti, où déjà la foule était rassemblée pour
entendre la belle musique du Porpora. Anzoleto, plus mort que vif, alla joindre le
comte, qui lui avait donné rendez-vous dans
sa tribune ; et Consuelo monta à celle de
l'orgue, où les chœurs étaient déjà en rang
de bataille et le professeur devant son pupitre. Consuelo ignorait que la tribune du
comte était située de manière à ce qu'il vît
beaucoup moins dans l'église que dans la tribune de l'orgue, que déjà il avait les yeux
sur elle, et qu'il ne perdait pas un de ses
mouvements.

Mais il ne pouvait pas encore distinguer
ses traits ; car elle s'agenouilla en arrivant,
cacha sá tête dans ses mains, et se mit à
prier avec une dévotion ardente. Mon Dieu,
disait-elle du fond de son cœur, tu sais que
je ne te demande point de m'élever au-dessus
de mes rivales pour les abaisser. Tu sais que

je ne veux pas me donner au monde et aux
arts profanes pour abandonner ton amour et
m'égarer dans les sentiers du vice. Tu sais
que l'orgueil n'enfle pas mon âme, et que
c'est pour vivre avec celui que ma mère m'a
permis d'aimer, pour ne m'en separer jamais, pour assurer sa joie et son bonheur,
que je te demande de me soutenir et d'enno-
blir mon accent et ma pensée quand je chanterai tes louanges.

Lorsque les premiers accords de l'orchestre
appelèrent Consuelo à sa place, elle se releva
lentement ; sa mantille tomba sur ses épaules,
et son visage apparut enfin aux spectateurs
inquiets et impatients de la tribune voisine.
Mais quelle miraculeuse transformation s'é-
tait opérée dans cette jeune fille tout à l'heure
si blême et si abattue, si effrée par la fatigue et la crainte ! Son large front semblait
nager dans un fluide céleste, une molle lan-

gueur baignait encore les plans doux et nobles de sa figure sereine et généreuse. Son
regard calme n'exprimait aucune de ces petites passions qui cherchent et convoitent les
succès ordinaires. Il y avait en elle quelque
chose de grave, de mystérieux et de profond,
qui commandait le respect et l'attendrissement. — Courage, ma fille, lui dit le professeur à voix basse ; tu vas chanter la musique
d'un grand maître, et ce maître est là qui
t'écoute.—Qui, Marcello? dit Consuelo voyant
le professeur déplier les psaumes de Marcello sur le pupitre. — Oui, Marcello, répondit le professeur. Chante comme à l'ordinaire, rien de plus, rien de moins, et ce sera
bien.

En effet, Marcello, alors dans la dernière
année de sa vie, était venu revoir une dernière fois Venise, sa patrie, dont il faisait la
gloire comme compositeur, comme écrivain,

et comme magistrat. Il avait été plein de
courtoisie pour le Porpora, qui l'avait prié
d'entendre son école, lui ménageant la surprise de faire chanter d'abord par Consuelo,
qui le possédait parfaitement, son magnifique psaume : *I cieli immensi narrano*. Aucun
morceau n'était mieux approprié à l'espèce
d'exaltation religieuse où se trouvait en ce
moment l'âme de cette noble fille. Aussitôt
que les premières paroles de ce chant large
et franc brillèrent devant ses yeux, elle se
sentit transportée dans un autre monde. Ou-
bliant le comte Zustiniani, les regards mal-
veillants de ses rivales, et jusqu'à Anzoleto,
elle ne songea qu'à Dieu et à Marcello, qui se
plaçait dans sa pensée comme un interprète
entre elle et ces cieux splendides dont elle
avait à célébrer la gloire. Quel plus beau
thème, en effet, et quelle plus grande
idée !

I cieli immensi narrano
Del grande Iddio la gloria;
Il firmamento lucido
All' universo annunzia
Quanto sieno mirabili
Della sua destra le opere.

Un feu divin monta à ses joues, et la flamme sacrée jaillit de ses grands yeux noirs, lorsqu'elle remplit la voûte de cette voix sans égale et de cet accent victorieux, pur, vraiment grandiose, qui ne peut sortir que d'une grande intelligence jointe à un grand cœur. Au bout de quelques mesures d'audition, un torrent de larmes délicieuses s'échappa des yeux de Marcello. Le comte, ne pouvant maîtriser son émotion, s'écria : — Par tout le sang du Christ, cette femme est belle ! C'est sainte Cécile, sainte Thérèse, sainte Consuelo ! c'est la poésie, c'est la musique, c'est la foi personnifiées ! — Quant à Anzo-

leto, qui s'était levé et qui ne se soutenait plus
sur ses jambes fléchissantes que grâce à ses
mains crispées sur la grille de la tribune, il
retomba suffoqué sur son siége, prêt à s'évanouir et comme ivre de joie et d'orgueil.

Il fallut tout le respect dû au lieu saint pour
que les nombreux dilettanti et la foule qui
remplissait l'église n'éclatassent point en applaudissements frénétiques, comme s'ils eussent été au théâtre. Le comte n'eut pas la
patience d'attendre la fin des offices pour passer à l'orgue, et pour exprimer son enthousiasme au Porpora et à Consuelo. Il fallut que,
pendant la psalmodie des officiants, elle allât
recevoir, dans la tribune du comte, les éloges
et les remercîments de Marcello. Elle le trouva encore si ému qu'il pouvait à peine lui
parler. — Ma fille, lui dit-il d'une voix entre-
coupée, reçois les actions de grâce et les bé-
nédictions d'un mourant. Tu viens de me faire

oublier en un instant des années de souffrance mortelle. Il me semble qu'un miracle s'est opéré en moi, et que ce mal incessant, épouvantable, s'est dissipé pour toujours au son de ta voix. Si les anges de là-haut chantent comme toi, j'aspire à quitter la terre pour aller goûter une éternité des délices que tu viens de me faire connaître. Sois donc bénie, enfant, et que ton bonheur en ce monde réponde à tes mérites. J'ai entendu la Faustina, la Romanina, la Cuzzoni, toutes les plus grandes cantatrices de l'univers; elles ne te vont pas à la cheville. Il t'est réservé de faire entendre au monde ce que le monde n'a jamais entendu, et de lui faire sentir ce que nul homme n'a jamais senti.

La Consuelo, anéantie et comme brisée sous cet éloge magnifique, courba la tête, mit presque un genou en terre, et, sans pouvoir dire un mot, porta à ses lèvres la main

livide de l'illustre moribond ; mais en se relevant, elle laissa tomber sur Anzoleto un
regard qui semblait lui dire : Ingrat, tu ne
m'avais pas devinée !

11

Durant le reste de l'office, Consuelo déploya une énergie et des ressources qui répondirent à toutes les objections qu'eût pu faire encore le comte Zustiniani. Elle conduisit, soutint et anima les chœurs, faisant tour à tour chaque partie et montrant ainsi l'é—

tendue prodigieuse et les qualités diverses de
sa voix, plus la force inépuisable de ses poumons, ou pour mieux dire la perfection de sa
science; car qui sait chanter ne se fatigue
pas, et Consuelo chantait avec aussi peu
d'effort et de travail que les autres respirent.
On entendait le timbre clair et plein de sa
voix par-dessus les cent voix de ses compa-
gnes, non qu'elle criât comme font les chan-
teurs sans âme et sans souffle, mais parce
que son timbre était d'une pureté irrépro-
chable et son accent d'une netteté parfaite.
En outre elle sentait et elle comprenait jusqu'à la moindre intention de la musique
qu'elle exprimait. Elle seule, en un mot,
était une musicienne et un maître, au milieu
de ce troupeau d'intelligences vulgaires, de
voix fraîches et de volontés molles. Elle remplissait donc instinctivement et sans ostentation son rôle de puissance; et tant que les

chants durèrent, elle imposa naturellement sa domination qu'on sentait nécessaire. Après qu'ils eurent cessé, les choristes lui en firent intérieurement un grief et un crime ; et telle qui, en se sentant faiblir, l'avait interrogée et comme implorée du regard, s'attribua tous les éloges qui furent donnés en masse à l'école du Porpora. A ces éloges, le maître souriait sans rien dire ; mais il regardait Consuelo, et Anzoleto comprenait fort bien.

Après le salut et la bénédiction, les choristes prirent part à une collation friande que leur fit servir le comte dans un des parloirs du couvent. La grille séparait deux grandes tables en forme de demi-lune, mises en regard l'une de l'autre ; une ouverture, mesurée sur la dimension d'un immense pâté, était ménagée au centre du grillage pour faire passer les plats, que le comte présentait lui-même avec grâce aux principales

religieuses et aux élèves. Celles-ci, vêtues en
béguines, venaient par douzaines s'asseoir
alternativement aux places vacantes dans
l'intérieur du cloître. La supérieure, assise
tout près de la grille, se trouvait ainsi à la
droite du comte placé dans la salle extérieure. Mais à la gauche de Zustiniani, une
place restait vacante ; Marcello, Porpora, le
curé de la paroisse, les principaux prêtres
qui avaient officié à la cérémonie, quelques
patriciens dilettanti et administrateurs laï-
ques de la Scuola ; enfin le bel Anzoleto, avec
son habit noir et l'épée au côté, remplissaient
la table des séculiers. Les jeunes chanteuses
étaient fort animées ordinairement en pareille occasion ; le plaisir de la gourman-
dise, celui de converser avec des hommes,
l'envie de plaire ou d'être tout au moins re-
marquées, leur donnaient beaucoup de babil
et de vivacité. Mais ce jour-là le goûter fut

triste et contraint. C'est que le projet du
comte avait transpiré (quel secret peut tourner autour d'un couvent sans s'y infil-
trer par quelque fente?) et que chacune de
ces jeunes filles s'était flattée en secret d'être
présentée par le Porpora pour succéder à la
Corilla. Le professeur avait eu même la malice d'encourager les illusions de quelques-
unes, soit pour les disposer à mieux chanter
sa musique devant Marcello, soit pour se
venger, par leur dépit futur, de tout celui
qu'elles lui causaient aux leçons. Ce qu'il y a
de certain, c'est que la Clorinda, qui n'était
qu'externe à ce conservatoire, avait fait
grande toilette pour ce jour-là, et s'attendait
à prendre place à la droite du comte; mais
quand elle vit cette *guenille* de Consuelo,
avec sa petite robe noire et son air tranquille, cette *laideron* qu'elle affectait de mépriser, réputée désormais la seule mus

cienne et la seule beauté de l'école, s'asseoir
entre le comte et Marcello, elle devint laide
de colère, laide comme Consuelo ne l'avait
jamais été, comme le deviendrait Vénuse n
personne, agitée par un sentiment bas et
méchant. Anzoleto l'examinait attentivement, et, triomphant de sa victoire, il s'assit
auprès d'elle, et l'accabla de fadeurs rail-
leuses qu'elle n'eut pas l'esprit de comprendre et qui la consolèrent bientôt. Elle s'imagina qu'elle se vengeait de sa rivale en fixant
l'attention de son fiancé, et elle n'épargna
rien pour l'enivrer de ses charmes. Mais elle
était trop bornée, et l'amant de Consuelo
avait trop de finesse pour que cette lutte iné-
gale ne la couvrît pas de ridicule.

Cependant le comte Zustiniani, en causant
avec Consuelo, s'émerveillait de lui trouver
autant de tact, de bon sens et de charme
dans la conversation, qu'il lui avait trouvé

de talent et de puissance à l'église. Quoiqu'elle fût absolument dépourvue de coquetterie, elle avait dans ses manières une franchise enjouée et une bonhomie confiante qui
inspirait je ne sais quelle sympathie soudaine,
irrésistible. Quand le goûter fut fini, il l'engagea à venir prendre le frais du soir dans
sa gondole avec ses amis. Marcello en fut
dispensé, à cause du mauvais état de sa
santé. Mais le Porpora, le comte Barberigo,
et plusieurs autres patriciens acceptèrent.
Anzoleto fut admis. Consuelo, qui se sentait
un peu troublée d'être seule avec tant
d'hommes, pria tout bas le comte de vouloir
bien inviter la Clorinda; et Zustiniani, qui
ne comprenait pas le badinage d'Anzoleto
avec cette pauvre fille, ne fut pas fâché de
le voir occupé d'une autre que de sa fiancée.
Ce noble comte, grâce à la légèreté de son
caractère, grâce à sa belle figure, à son

opulence, à son théâtre, et aussi aux mœurs
faciles du pays et de l'époque, ne manquait
pas d'une bonne dose de fatuité. Animé par
le vin de Grèce et l'enthousiasme musical,
impatient de se venger de *sa perfide* Corilla,
il n'imagina rien de plus naturel que de faire
la cour à Consuelo ; et, s'asseyant près d'elle
dans la gondole, tandis qu'il avait arrangé
chacun de manière à ce que l'autre couple
de jeunes gens se trouvât à l'extrémité op-
posée, il commença à couver du regard sa
nouvelle proie d'une façon fort significative.
La bonne Consuelo n'y comprit pourtant
rien du tout. Sa candeur et sa loyauté se
seraient refusées à supposer que le protecteur de son ami pût avoir de si méchants
desseins ; mais sa modestie habituelle, que
n'altérait en rien le triomphe éclatant de la
journée, ne lui permit pas même de croire
de tels desseins possibles. Elle s'obstina à

respecter dans son cœur le seigneur illustre
qui l'adoptait avec Anzoleto, et à s'amuser
ingénûment d'une partie de plaisir où elle
n'entendait pas malice.

Tant de calme et de bonne foi surprirent
le comte, au point qu'il resta incertain si
c'était l'abandon joyeux d'une âme sans ré-
sistance ou la stupidité d'une innocence parfaite. A dix-huit ans, cependant, une fille en
sait bien long, en Italie, je veux dire *en savait*, il y a cent ans surtout, avec un *ami*
comme Anzoleto. Toute vraisemblance était
donc en faveur des espérances du comte. Et
cependant, chaque fois qu'il prenait la main
de sa protégée, ou qu'il avançait un bras
pour entourer sa taille, une crainte indéfi-
nissable l'arrêtait aussitôt, et il éprouvait un
sentiment d'incertitude et presque de respect dont il ne pouvait se rendre compte.

Barberigo trouvait aussi la Consuelo fort

séduisante dans sa simplicité; et il eût vo-
lontiers élevé des prétentions du même genre
que celle du comte, s'il n'eût cru fort délicat
de sa part de ne pas contrarier les projets de
son ami. « A tout seigneur tout honneur, se
disait-il en voyant nager les yeux de Zustiniani dans une atmosphère d'enivrement
voluptueux. Mon tour viendra plus tard. »
En attendant, comme le jeune Barberigo
n'était pas trop habitué à contempler les
étoiles dans une promenade avec des femmes,
il se demanda de quel droit ce petit drôle
d'Anzoleto accaparait la blonde Clorinda, et,
se rapprochant d'elle, il essaya de faire comprendre au jeune ténor que son rôle serait
plutôt de prendre la rame que de courtiser
la donzelle. Anzoleto n'était pas assez bien
élevé, malgré sa pénétration merveilleuse,
pour comprendre au premier mot. D'ailleurs
il était d'un orgueil voisin de l'insolence

avec les patriciens. Il les détestait cordiale-
ment, et sa soup'esse avec eux n'était qu'une
fourberie pleine de mépris intérieur. Barberigo, voyant qu'il se faisait un plaisir de le
contrarier, s'avisa d'une vengeance cruelle.

— Parbleu, dit-il bien haut à la Clorinda,
voyez donc le succès de votre amie Consuelo! Où s'arrêtera-t-elle aujourd'hui? Non
contente de faire fureur dans toute la ville
par la beauté de son chant, la voilà qui fait
tourner la tête à notre pauvre comte, par le
feu de ses œillades. Il en deviendra fou, s'il
ne l'est déjà, et voilà les affaires de madame
Corilla tout à fait gâtées.

— Oh! il n'y a rien à craindre! répliqua
la Clorinda d'un air sournois. Consuelo est
éprise d'Anzoleto, que voici; elle est sa
fiancée. Ils brûlent l'un pour l'autre depuis
je ne sais combien d'années.

— Je ne sais combien d'années d'amour

peuvent être oubliées en un clin d'œil, reprit
Barberigo, surtout quand les yeux de Zusti-
niani se mêlent de décocher le trait mortel.
Ne le pensez-vous pas aussi, belle Clorinda?

Anzoleto ne supporta pas longtemps ce
persiflage. Mille serpents se glissaient déjà
dans son cœur. Jusque là il n'avait eu ni
soupçon ni souci de rien de pareil : il s'était
livré en aveugle à la joie de voir triompher
son amie; et c'était autant pour donner à
son transport une contenance, que pour
goûter un raffinement de vanité, qu'il s'a-
musait depuis deux heures à railler la vic-
time de cette journée enivrante. Après quelques quolibets échangés avec Barberigo, il
feignit de prendre intérêt à la discussion
musicale que le Porpora soutenait sur le milieu de la barque avec les autres promeneurs;
et, s'éloignant peu à peu d'une place qu'il
n'avait plus envie de disputer, il se glissa

dans l'ombre jusqu'à la proue. Dès le premier essai qu'il fit pour rompre le tête-à-tête
du comte avec sa fiancée, il vit bien que
Zustiniani goûtait peu cette diversion ; car il
lui répondit avec froideur et même avec
sécheresse. Enfin, après plusieurs questions
oiseuses mal accueillies, il lui fut conseillé
d'aller écouter les choses profondes et sa-
vantes que le grand Porpora disait sur le
contre-point.

— Le grand Porpora n'est pas mon maître,
répondit Anzoleto d'un ton badin qui dissi-
mulait sa rage intérieure aussi bien que
possible ; il est celui de Consuelo ; et s'il plaisait à votre chère et bien-aimée seigneurie,
ajouta-t-il tout bas en se courbant auprès
du comte d'un air insinuant et caressant, que
ma pauvre Consuelo ne prît pas d'autres leçons que celles de son vieux professeur...

— Cher et bien-aimé Zoto, répondit le

comte d'un ton caressant, plein d'une malice profonde, j'ai un mot à vous dire à l'oreille; et, se penchant vers lui, il ajouta : Votre fiancée a dû recevoir de vous des leçons de vertu qui la rendront invulnérable. Mais si j'avais quelque prétention à lui en donner d'autres, j'aurais le droit de l'essayer au moins pendant une soirée.

Anzoleto se sentit froid de la tête aux pieds.

— Votre gracieuse seigneurie daignera-t-elle s'expliquer? dit-il d'une voix étouffée.

— Ce sera bientôt fait, mon gracieux ami, répondit le comte d'une voix claire : *gondole pour gondole.*

Anzoleto fut terrifié en voyant que le comte avait découvert son tête-à-tête avec la Corilla. Cette folle et audacieuse fille s'en était vantée à Zustiniani dans une terrible querelle fort violente qu'ils avaient eue ensemble. Le coupable essaya vainement de faire l'étonné. — Allez donc écouter ce que dit la Porpora sur les principes de l'école napolitaine, reprit le comte. Vous viendrez me le répéter, cela m'intéresse beaucoup.

— Je m'en aperçois, Excellence, répondit Anzoleto furieux et prêt à se perdre.

— Eh bien ! tu n'y vas pas ? dit l'innocente Consuelo, étonnée de son hésitation. J'y vais, moi, seigneur comte. Vous verrez que je suis votre servante. Et avant que le comte pût la retenir, elle avait franchi d'un bond léger la banquette qui la séparait de son vieux maître, et s'était assise sur ses talons à côté de lui.

Le comte voyant que ses affaires n'étaient pas fort avancées auprès d'elle, jugea nécessaire de dissimuler. — Anzoleto, dit-il en souriant et en tirant l'oreille de son protégé un peu fort, ici se bornera ma vengeance.

Elle n'a pas été aussi loin à beaucoup près que votre délit. Mais aussi je ne fais pas de comparaison entre le plaisir d'entretenir honnêtement votre maîtresse un quart d'heure en présence de dix personnes, et celui que vous avez goûté tête à tête avec la mienne dans une gondole bien fermée.

— Seigneur comte, s'écria Anzoleto, violemment agité, je proteste sur mon honneur...

— Où est-il, votre honneur? reprit le comte, est-il dans votre oreille gauche? Et en même temps il menaçait cette malheureuse oreille d'une leçon pareille à celle que l'autre venait de recevoir.

— Accordez-vous donc assez peu de finesse à votre protégé, dit Anzoleto, reprenant sa présence d'esprit, pour ne pas savoir qu'il n'aurait jamais commis une pareille balourdise.

— Commise ou non, répondit sèchement
le comte, c'est la chose du monde la plus in-
différente pour moi en ce moment. Et il alla
s'asseoir auprès de Consuelo.

12

La dissertation musicale se prolongea jusque dans le salon du palais Zustiniani, où l'on rentra vers minuit pour prendre le chocolat et les sorbets. Du technique de l'art on était passé au style, aux idées, aux formes anciennes et modernes, enfin à l'expression,

et de là aux artistes, et à leurs différentes manières de sentir et d'exprimer. Le Porpora
parlait avec admiration de son maître Scarlatti, le premier qui eût imprimé un caractère pathétique aux compositions religieuses. Mais il s'arrêtait là, et ne voulait pas que
la musique sacrée empiétât sur le domaine
du profane en se permettant les ornements,
les traits et les roulades.

— Est-ce donc, lui dit Anzoleto, que votre
seigneurie réprouve ces traits et ces ornements difficiles qui ont cependant fait le
succès et la célébrité de son illustre élève
Farinelli?

— Je ne les réprouve qu'à l'église, répondit le maëstro. Je les approuve au théâtre;
mais je les veux à leur place, et surtout j'en
proscris l'abus. Je les veux d'un goût pur,
sobres, ingénieux, élégants, et, dans leurs
modulations, appropriés non seulement au

sujet qu'on traite, mais encore au personnage qu'on représente, à la passion qu'on exprime, et à la situation où se trouve le personnage. Les nymphes et les bergères peuvent roucouler comme les oiseaux, ou cadencer leurs accents comme le murmure des fontaines; mais Médée ou Didon ne peuvent que sangloter ou rugir comme la lionne blessée. La coquette peut charger d'ornements capricieux et recherchés ses folles cavatines. La Corilla excelle en ce genre : mais qu'elle veuille exprimer les émotions profondes, les grandes passions, elle reste au-dessous de son rôle ; et c'est en vain qu'elle s'agite, c'est en vain qu'elle gonfle sa voix et son sein : un trait déplacé, une roulade absurde, viennent changer en un instant en ridicule parodie ce sublime qu'elle croyait atteindre. Vous avez tous entendu la Faustina Pordoni, aujourd'hui madame Hasse. En de

certains rôles appropriés à ses qualités brillantes, elle n'avait point de rivale. Mais que
la Cuzzoni vînt, avec son sentiment pur et
profond, faire parler la douleur, la prière,
ou la tendresse, les larmes qu'elle vous arra-
chait effaçaient en un instant de vos cœurs
le souvenir de toutes les merveilles que la
Faustina avait prodiguées à vos sens. C'est
qu'il y a le talent de la matière, et le génie
de l'âme. Il y a ce qui amuse, et ce qui émeut;
ce qui étonne, et ce qui ravit. Je sais fort
bien que les tours de force sont en faveur;
mais quant à moi, si je les ai enseignés à
mes élèves comme des accessoires utiles, je
suis presque à m'en repentir, lorsque je vois
la plupart d'entre eux en abuser, et sacrifier
le nécessaire au superflu, l'attendrissement
durable de l'auditoire aux cris de surprise et
aux trépignements d'un plaisir fiévreux et
passager.

Personne ne combattait cette conclusion éternellement vraie dans tous les arts, et qui sera toujours appliquée à leurs diverses manifestations par les âmes élevées. Cependant le comte, qui était curieux de savoir comment Consuelo chanterait la musique profane, feignit de contredire un peu l'austérité des principes du Porpora ; mais voyant que la modeste fille, au lieu de réfuter ses hérésies, tournait toujours ses yeux vers son vieux maître, comme pour lui demander de répondre victorieusement, il prit le parti de s'attaquer directement à elle-même, et de lui demander si elle entendait chanter sur la scène avec autant de sagesse et de pureté qu'à l'église.

— Je ne crois pas, répondit-elle avec une humilité sincère, que j'y trouve les mêmes inspirations, et je crains d'y valoir beaucoup moins.

— Cette réponse modeste et spirituelle me rassure, dit le comte, je suis certain que vous vous inspirerez assez de la présence d'un public ardent, curieux, un peu gâté, je l'avoue, pour condescendre à étudier ces difficultés brillantes dont chaque jour il se montre plus avide.

— Étudier ! dit le Porpora avec un sourire plein de finesse.

— Étudier ! s'écria Anzoleto avec un dédain superbe.

— Oui sans doute, étudier, reprit Consuelo avec sa douceur accoutumée. Quoique je me sois exercée quelquefois à ce genre de travail, je ne pense pas encore être capable de rivaliser avec les illustres chanteuses qui ont paru sur notre scène...

— Tu mens ! s'écria Anzoleto tout animé. Monseigneur, elle ment ! faites-lui chanter les airs les plus ornés et les plus difficiles

du répertoire, vous verrez ce qu'elle sait
faire.

— Si je ne craignais pas qu'elle fût fatiguée... dit le comte, dont les yeux pétillaient
déjà d'impatience et de désir.

Consuelo tourna les siens naïvement vers
le Porpora, comme pour prendre ses ordres.

— Au fait, dit celui-ci, comme elle ne se
fatigue pas pour si peu, et comme nous sommes ici en petite et excellente compagnie, on
pourrait examiner son talent sur toutes les
faces. Voyons, seigneur comte, choisissez un
air, et accompagnez-la vous-même au clavecin.

— L'émotion que sa voix et sa présence
me causent, répondit Zustiniani, me feraient
faire de fausses notes. Pourquoi pas vous,
mon maître ?

— Je voudrais la regarder chanter, dit le

Porpora ; car, entre nous soit dit, je l'ai toujours entendue sans jamais songer à la voir. Il faut que je sache comment elle se tient, ce qu'elle fait de sa bouche et de ses yeux. Allons, lève-toi, ma fille, c'est pour moi aussi que l'épreuve va être tentée.

— Ce sera donc moi qui l'accompagnerai, dit Anzoleto en s'asseyant au clavecin.

— Vous allez m'intimider trop, mon maître, dit Consuelo à Porpora.

— La timidité n'appartient qu'à la sottise, répondit le maître. Quiconque se sent pénétré d'un amour vrai pour son art ne peut rien craindre. Si tu trembles, tu n'as que de la vanité ; si tu perds tes moyens, tu n'en as que de factices ; et s'il en est ainsi, je suis là pour dire tout le premier : La Consuelo n'est bonne à rien !

Et, sans s'inquiéter de l'effet désastreux que pouvaient produire des encouragements

aussi tendres, le professeur mit ses lunettes,
arrangea sa chaise bien en face de son élève
et commença à battre la mesure sur la queue
du clavecin pour donner le vrai mouvement
à la ritournelle. On avait choisi un air brillant, bizarre et difficile tiré d'un opéra buffe
de Galuppi, *la Diavolessa*, afin de prendre
tout-à-coup le genre le plus différent de celui
où Consuelo avait triomphé le matin. La
jeune fille avait une si prodigieuse facilité
qu'elle était arrivée, presque sans études, à
faire faire, en se jouant, tous les tours de
force alors connus, à sa voix souple et puissante. Le Porpora lui avait recommandé de
faire ces exercices, et, de temps en temps,
les lui avait fait répéter pour s'assurer
qu'elle ne les négligeait pas. Mais il n'y avait
jamais donné assez de temps et d'attention
pour savoir ce dont l'étonnante élève était
capable en ce genre. Pour se venger de la

rudesse qu'il venait de lui montrer, Consuelo
eut l'espiéglerie de surcharger l'air extrava-
gant de *la Diavolessa* d'une multitude d'ornements et de traits regardés jusque là
comme impossibles, et qu'elle improvisa
aussi tranquillement que si elle les eût notés
et étudiés avec soin. Ces ornements furent
si savants de modulations, d'un caractère si
énergique, si infernal, et mêlés, au milieu de
leur plus impétueuse gaîté, d'accents si lu-
gubres, qu'un frisson de terreur vint traverser l'enthousiasme de l'auditoire, et que le
Porpora, se levant tout-à-coup, s'écria avec
force : « C'est toi qui es le diable en personne ! » Consuelo finit son air par un cres-
cendo de force qui enleva les cris d'admiration, tandis qu'elle se rasseyait sur sa chaise
en éclatant de rire.

—Méchante ! fille lui dit le Porpora, tu m'as
joué un tour pendable. Tu t'es moquée de moi.

Tu m'as caché la moitié de tes études et de tes
ressources. Je n'avais plus rien à t'enseigner
depuis longtemps, et tu prenais mes leçons
par hypocrisie, peut-être pour me ravir tous
les secrets de la composition et de l'enseignement, afin de me surpasser en toutes choses,
et de me faire passer ensuite pour un vieux
pédant !

— Mon maître, répondit Consuelo, je n'ai
pas fait autre chose qu'imiter votre malice
envers l'empereur Charles. Ne m'avez-vous
pas raconté cette aventure ? comme quoi
Sa Majesté Impériale n'aimait pas les trilles,
et vous avait fait défense d'en introduire
un seul dans votre oratorio, et comme quoi,
ayant scrupuleusement respecté sa défense
jusqu'à la fin de l'œuvre, vous lui aviez
donné un divertissement de bon goût à la
fugue finale en la commençant par quatre
trilles ascendantes, répétées ensuite à l'infini,

dans le *stretto* par toutes les parties ? Vous avez fait ce soir le procès à l'abus des ornements, et puis vous m'avez ordonné d'en faire. J'en ai fait trop, afin de vous prouver que moi aussi je puis outrer un travers dont je veux bien me laisser accuser.

— Je te dis que tu es le diable, reprit le Porpora. Maintenant chante-nous quelque chose d'humain, et chante-le comme tu l'entendras; car je vois bien que je ne puis plus être ton maître.

— Vous serez toujours mon maître respecté et bien-aimé, s'écria-t-elle en se jetant à son cou et en le serrant à l'étouffer; c'est à vous que je dois mon pain et mon instruction depuis dix ans. O mon maître ! on dit que vous avez fait des ingrats : que Dieu me retire à l'instant même l'amour et la voix, si je porte dans mon cœur le poison de l'orgueil et de l'ingratitude !

Le Porpora devint pâle, balbutia quelques
mots, et déposa un baiser paternel sur le
front de son élève : mais il y laissa une larme ;
et Consuelo, qui n'osa l'essuyer, sentit sécher
lentement sur son front cette larme froide et
douloureuse de la vieillesse abandonnée et
du génie malheureux. Elle en ressentit une
émotion profonde et comme une terreur religieuse qui éclipsa toute sa gaîté et éteignit
toute sa verve pour le reste de la soirée. Une
heure après, quand on eut épuisé autour
d'elle et pour elle toutes les formules de l'admiration, de la surprise et du ravissement,
sans pouvoir la distraire de sa mélancolie,
on lui demanda un spécimen de son talent
dramatique. Elle chanta un grand air de Jomelli dans l'opéra de *Didon abandonnée* ; jamais elle n'avait mieux senti le besoin d'ex-
haler sa tristesse ; elle fut sublime de pathétique, de simplicité, de grandeur, et belle de

visage plus encore qu'elle ne l'avait été à l'é-
glise. Son teint s'était animé d'un peu de
fièvre, ses yeux lançaient de sombres éclairs ;
ce n'était plus une sainte, c'était mieux encore, c'était une femme dévorée d'amour.
Le comte, son ami Barberigo, Anzoleto, tous
les auditeurs, et, je crois, le vieux, Porpora lui-
même, faillirent en perdre l'esprit. La Clorinda suffoqua de désespoir. Consuelo, à qui
le comte déclara que, dès le lendemain, son
engagement serait dressé et signé, le pria de
lui promettre une grâce secondaire, et de lui
engager sa parole à la manière des anciens
chevaliers, sans savoir de quoi il s'agissait. Il
le fit, et l'on se sépara, brisé de cette émotion
délicieuse que procurent les grandes choses, et qu'imposent les grandes intelligences.

13

Pendant que Consuelo avait remporté tous ces triomphes, Anzoleto avait vécu si complètement en elle, qu'il s'était oublié lui-même. Cependant lorsque le comte, en les congédiant, signifia l'engagement de sa fiancée sans lui dire un mot du sien, il remar-

qua la froideur avec laquelle il avait été
traité par lui, durant ces dernières heures;
et la crainte d'être perdu sans retour dans
son esprit empoisonna toute sa joie. Il lui vint
dans la pensée de laisser Consuelo sur l'escalier, au bras du Porpora, et de courir se jeter
aux pieds de son protecteur; mais comme en
cet instant il le haïssait, il faut dire à sa
louange qu'il résista à la tentation de s'aller
humilier devant lui. Comme il prenait congé
du Porpora, et se disposait à courir le long
du canal avec Consuelo, le gondolier du
comte l'arrêta, et lui dit que, par les ordres
de son maître, la gondole attendait la signora
Consuelo pour la reconduire. Une sueur
froide lui vint au front. — La signora est habituée à cheminer sur ses jambes, répondit-
il avec violence. Elle est fort obligée au comte
de ses gracieusetés.

— De quel droit refusez-vous pour elle?

dit le comte qui était sur ses talons. Anzoleto
se retourna, et le vit, non la tête nue comme
un homme qui reconduit son monde, mais le
manteau sur l'épaule, son épée dans une
main et son chapeau dans l'autre, comme un
homme qui va courir les aventures noctur-
nes. Anzoleto ressentit un tel accès de fureur
qu'il eut la pensée de lui enfoncer entre les
côtes ce couteau mince et affilé qu'un Vénitien homme du peuple cache toujours dans
quelque poche invisible de son ajustement.

—J'espère, Madame, dit le comte à Consuelo
d'un ton ferme, que vous ne me ferez pas l'af-
front de refuser ma gondole pour vous reconduire, et le chagrin de ne pas vous ap-
puyer sur mon bras pour y entrer.

Consuelo, toujours confiante, et ne devinant rien de ce qui se passait autour d'elle,
accepta, remercia, et abandonnant son joli
coude arrondi à la main du comte, elle sauta

dans la gondole sans cérémonie. Alors un
dialogue muet, mais énergique, s'établit
entre le comte et Anzoleto. Le comte avait un
pied sur la rive, un pied sur la barque, et de
l'œil toisait Anzoleto, qui, debout sur la dernière marche du perron, le toisait aussi, mais
d'un air farouche, la main cachée dans sa
poitrine, et serrant le manche de son couteau. Un mouvement de plus vers la barque,
et le comte était perdu. Ce qu'il y eut de
plus vénitien dans cette scène rapide et silencieuse, c'est que les deux rivaux s'obser-
vèrent sans hâter de part ni d'autre une ca-
tastrophe imminente. Le comte n'avait d'autre intention que celle de torturer son rival
par une irrésolution apparente, et il le fit à
loisir, quoiqu'il vît fort bien et comprît encore mieux le geste d'Anzoleto, prêt à le poi-
gnarder. De son côté, Anzoleto eut la force
d'attendre sans se trahir officiellement qu'il

plût au comte d'achever sa plaisanterie féroce, ou de renoncer à la vie. Ceci dura deux minutes qui lui semblèrent un siècle, et que le comte supporta avec un mépris stoïque; après quoi il fit une profonde révérence à Consuelo, et se tournant vers son protégé:

—Je vous permets, lui dit-il, de monter aussi dans ma gondole; à l'avenir vous saurez comment se conduit un galant homme. Et il se recula pour faire passer Anzoleto dans sa barque. Puis il donna aux gondoliers l'ordre de ramer vers la Corte-Minelli, et il resta debout sur la rive, immobile comme une statue. Il semblait attendre de pied ferme une nouvelle velléité de meurtre de la part de son rival humilié.

— Comment donc le comte sait-il où tu demeures? fut le premier mot qu'Anzoleto adressa à son amie dès qu'ils eurent perdu de vue le palais Zustiniani.

— Parce que je le lui ai dit, repartit Con-
suélo.

— Et pourquoi le lui as-tu dit ?

— Parce qu'il me l'a demandé.

— Tu ne devines donc pas du tout pourquoi il voulait le savoir ?

— Apparemment pour me faire reconduire.

— Tu crois que c'est là tout ? Tu crois qu'il
ne viendra pas te voir ?

— Venir me voir ? Quelle folie ! Dans une
aussi misérable demeure ? Ce serait un excès
de politesse de sa part que je ne désire pas du
tout.

— Tu fais bien de ne pas le désirer, Consuelo ; car un excès de honte serait peut-être
pour toi le résultat de cet excès d'honneur !

— De la honte ? Et pourquoi de la honte à
moi ? Vraiment je ne comprends rien à tes
discours ce soir, cher Anzoleto, et je te

trouve singulier de me parler de choses que
je n'entends point, au lieu de me dire la joie
que tu éprouves du succès inespéré et in-
croyable de notre journée.

— Inespéré, en effet, répondit Anzoleto
avec amertume.

— Il me semblait qu'à vêpres, et ce soir
pendant qu'on m'applaudissait, tu étais plus
enivré que moi ! Tu me regardais avec des
yeux si passionnés, et je goûtais si bien mon
bonheur en le voyant reflété sur ton visage !
Mais depuis quelques instants te voilà sombre
et bizarre comme tu l'es quelquefois quand
nous manquons de pain, ou quand notre avenir paraît incertain et fâcheux.

— Et maintenant, tu veux que je me ré-
jouisse de l'avenir ? Il est possible qu'il ne soit
pas incertain, en effet ; mais à coup sûr il n'a
rien de divertissant pour moi !

— Que te faut-il donc de plus ? Il y a à

peine huit jours que tu as débuté chez le
comte, tu as eu un succès d'enthousiasme....

— Mon succès auprès du comte est fort
éclipsé par le tien, ma chère. Tu le sais du
reste.

— J'espère bien que non. D'ailleurs, quand
cela serait, nous ne pouvons pas être jaloux
l'un de l'autre.

Cette parole ingénue, dite avec un accent
de tendresse et de vérité irrésistible, fit rentrer le calme dans l'âme d'Anzoleto.

— Oh! tu as raison, dit-il en serrant sa
fiancée dans ses bras, nous ne pouvons pas
être jaloux l'un de l'autre ; car nous ne pouvons pas nous tromper.

Mais en même temps qu'il prononça ces
derniers mots, il se rappela avec remords
son commencement d'aventure avec la Corilla, et il lui vint subitement dans l'idée, que
le comte, pour achever de l'en punir, ne

manquerait pas de le dévoiler à Consuelo, le
jour où il croirait ses espérances tant soit
peu encouragées par elle. Il retomba dans
une morne rêverie, et Consuelo devint pen-
sive aussi.

— Pourquoi, lui dit-elle après un instant
de silence, dis-tu que nous ne pouvons pas
nous tromper? A coup sûr, c'est une grande
vérité ; mais à quel propos cela t'est-il
venu?

— Tiens, ne parlons plus dans cette gondole, répondit Anzoleto à voix basse ; je crains
qu'on n'écoute nos paroles et qu'on ne les
rapporte au comte. Cette couverture de soie
et de velours est bien mince, et ces barca-
rolles de palais ont les oreilles quatre fois
plus larges et plus profondes que nos barca-
rolles de place.

— Laisse-moi monter avec toi dans ta
chambre, lui dit-il, lorsqu'on les eut dé-

posés sur la rive, à l'entrée de la Corte–Minelli.

— Tu sais que c'est contraire à nos habitudes et à nos conventions, lui répondit-elle.

— Oh ! ne me refuse pas cela, s'écria Anzoleto, tu me mettrais le désespoir et la fureur dans l'âme.

Effrayée de son accent et de ses paroles,
Consuelo n'osa refuser ; et quand elle eut
allumé sa lampe et tiré ses rideaux, le voyant
sombre et comme perdu dans ses pensées,
elle entoura de ses bras le cou de son fiancé :
—Comme tu me parais malheureux et inquiet
ce soir ! lui dit-elle tristement. Que se passe-
t-il donc en toi ?

— Tu ne le sais pas, Consuelo ? tu ne t'en
doutes pas ?

— Non ! sur mon âme !

— Jure-le, que tu ne devines pas ! Jure-le
sur l'âme de ta mère, et sur ton Christ que

tu pries tous les matins et tous les soirs.

— Oh! je te le jure, sur mon Christ et sur l'âme de ma mère.

— Et sur notre amour?

— Sur notre amour et sur notre salut éternel!

— Je te crois, Consuelo; car ce serait la première fois de ta vie que tu ferais un mensonge.

— Et maintenant m'expliqueras-tu...?

— Je ne t'expliquerai rien. Peut-être faudra-t-il bientôt que je me fasse comprendre... Ah! quand ce moment sera venu, tu ne m'auras déjà que trop compris. Malheur! malheur à nous deux le jour où tu sauras ce que je souffre maintenant!

— O mon Dieu, de quel affreux malheur sommes-nous donc menacés? Hélas! c'est donc sous le coup de je ne sais quelle malédiction que nous devions rentrer dans cette

pauvre chambre, où nous n'avions eu jusqu'à
présent aucun secret l'un pour l'autre ! Quelque chose me disait bien, quand je suis sortie
ce matin, que j'y rentrerais la mort dans
l'âme. Qu'ai-je donc fait pour ne pas jouir
d'un jour qui semblait si beau ? N'ai-je pas
prié Dieu ardemment et sincèrement ? N'ai-je
pas éloigné de moi toute pensée d'orgueil ?
N'ai-je pas chanté le mieux qu'il m'a été possible ? N'ai-je pas souffert de l'humiliation
de la Clorinda ? N'ai-je pas obtenu du comte,
sans qu'il s'en doutât et sans qu'il puisse se
dédire, la promesse qu'elle serait engagée
comme *seconda donna* avec nous ? Qu'ai-je
donc fait de mal, encore une fois, pour souffrir les douleurs que tu m'annonces, et que
je ressens déjà, puisque, toi, tu les éprouves ?

— En vérité, Consuelo, tu as eu la pensée
de faire engager la Clorinda ?

— J'y suis résolue, si le comte est un homme de parole. Cette pauvre fille a toujours rêvé le théâtre, elle n'a pas d'autre existence devant elle...

— Et tu crois que le comte renverra la Rosalba, qui sait quelque chose, pour la Clorinda, qui ne sait rien?

— La Rosalba suivra la fortune de sa sœur Corilla ; et quant à la Clorinda, nous lui donnerons des leçons, nous lui apprendrons à tirer le meilleur parti de sa voix, qui est jolie. Le public sera indulgent pour une aussi belle fille. D'ailleurs, quand même je n'obtiendrais son admission que comme troisième femme, ce serait toujours une admission, un début dans la carrière, un commencement d'existence.

— Tu es une sainte, Consuelo. Tu ne vois pas que cette pécore, en acceptant tes bienfaits, et quoiqu'elle dût s'estimer trop heu-

reuse d'être troisième ou quatrième femme,
ne te pardonnera jamais d'être la première ?

— Qu'importe son ingratitude ? Va, j'en
sais long déjà sur l'ingratitude et les ingrats !

— Toi ? dit Anzoleto en éclatant de rire et
en l'embrassant avec son ancienne effusion
de frère.

— Oui, répondit-elle, enchantée de l'avoir
distrait de ses soucis ; j'ai eu jusqu'à présent
toujours devant les yeux, et j'aurai toujours
gravée dans l'âme, l'image de mon noble
maître Porpora. Il lui est échappé bien souvent devant moi des paroles amères et profondes qu'il me croyait incapable de comprendre ; mais elles creusaient bien avant
dans mon cœur, et elles n'en sortiront jamais.
C'est un homme qui a bien souffert, et que le
chagrin dévore. Par lui, par sa tristesse, par
ses indignations concentrées, par les discours qui lui ont échappé devant moi, il m'a

appris que les artistes sont plus dangereux et plus méchants que tu ne penses, mon cher ange, que le public est léger, oublieux, cruel, injuste; qu'une grande carrière est une croix lourde à porter, et la gloire une couronne d'épines! Oui, je sais tout cela; et j'y ai pensé si souvent, et j'ai tant réfléchi là-dessus, que je me sens assez forte pour ne pas m'étonner beaucoup et pour ne pas trop me laisser abattre quand j'en ferai l'expérience par moi-même. Voilà pourquoi tu ne m'as pas vue trop enivrée aujourd'hui de mon triomphe; voilà pourquoi aussi je ne suis pas découragée en ce moment de tes noires pensées. Je ne les comprends pas encore; mais je sais qu'avec toi, et pourvu que tu m'aimes, je pourrai lutter avec assez de force pour ne pas tomber dans la haine du genre humain, comme mon pauvre maître, qui est un noble vieillard et un enfant malheureux.

En écoutant parler son amie, Anzoleto reprit aussi son courage et sa sérénité. Elle exerçait sur lui une grande puissance, et chaque jour il découvrait en elle une fermeté de caractère et une droiture d'intentions qui suppléait à tout ce qui lui manquait à lui-même. Les terreurs que la jalousie lui avait inspirées s'effacèrent donc de son souvenir au bout d'un quart d'heure d'entretien avec elle ; et quand elle le questionna de nouveau, il eut tellement honte d'avoir soupçonné un être si pur et si calme, qu'il donna d'autres motifs à son agitation. — Je n'ai qu'une crainte, lui dit-il, c'est que le comte ne te trouve tellement supérieure à moi, qu'il ne me juge indigne de paraître à côté de toi devant le public. Il ne m'a pas fait chanter ce soir, quoique je m'attendisse à ce qu'il nous

demanderait un duo. Il semblait avoir oublié
jusqu'à mon existence. Il ne s'est même pas
aperçu qu'en t'accompagnant, je touchais
assez joliment le clavecin. Enfin, lorsqu'il t'a
signifié ton engagement, il ne m'a pas dit un
mot du mien. Comment n'as-tu pas remarqué
une chose aussi étrange ?

— La pensée ne m'est pas venue qu'il lui
fût possible de vouloir m'engager sans toi.
Est-ce qu'il ne sait pas que rien ne pourrait
m'y décider, que nous sommes fiancés, que
nous nous aimons? Est-ce que tu ne le lui as
pas dit bien positivement ?

— Je le lui ai dit ; mais peut-être croit-il
que je me vante, Consuelo.

— En ce cas je me vanterai moi-même de
mon amour, Anzoleto ; je lui dirai tout cela
si bien qu'il n'en doutera pas. Mais tu t'abu-
ses, mon ami : le comte n'a pas jugé nécessaire de te parler de ton engagement, parce

que c'est une chose arrêtée, conclue, depuis le jour où tu as chanté chez lui avec tant de succès.

— Mais non signé! Et le tien sera signé demain : il te l'a dit!

— Crois-tu que je signerai la première? Oh! non pas! Tu as bien fait de me mettre sur mes gardes. Mon nom ne sera écrit qu'au bas du tien.

— Tu me le jures?

— Oh! fi! Vas-tu encore me faire faire des serments pour une chose que tu sais si bien? Vraiment, tu ne m'aimes pas ce soir, ou tu veux me faire souffrir; car tu fais semblant de croire que je ne t'aime point.

A cette pensée, les yeux de Consuelo se gonflèrent, et elle s'assit avec un petit air boudeur qui la rendit charmante. — Au fait, je suis un fou, un sot, pensa Anzoleto. Comment ai-je pu penser un instant que le comte

triompherait d'une âme si pure et d'un amour
si complet ? Est-ce qu'il n'est pas assez expérimenté pour voir du premier coup d'œil que
Consuelo n'est pas son fait ; et aurait-il été
assez généreux ce soir pour me faire monter
dans la gondole à sa place, s'il n'eût connu
pertinemment qu'il y jouerait auprès d'elle le
rôle d'un fat ridicule ? Non, non, mon sort
est assuré, ma position inexpugnable. Que
Consuelo lui plaise, qu'il l'aime, qu'il la cour-
tise, tout cela ne servira qu'à avancer ma
fortune ; car elle saura bien obtenir de lui
tout ce qu'elle voudra sans s'exposer. Consuelo en saura vite plus que moi sur ce chapitre. Elle est forte, elle est prudente. Les
prétentions du cher comte tourneront à mon
profit et à ma gloire.

Et, abjurant complètement tous ses doutes,
il se jeta aux pieds de son amie, et se livra à
l'enthousiasme passionné qu'il éprouvait

pour la première fois, et que depuis quelques
heures la jalousie comprimait en lui.—O ma
belle ! ô ma sainte ! ô ma diablesse ! ô ma
reine ! s'écria-t-il, pardonne-moi d'avoir
pensé à moi-même au lieu de me prosterner
devant toi pour t'adorer, ainsi que j'aurais
dû le faire en me retrouvant seul avec toi
dans cette chambre ! J'en suis sorti ce matin
en te querellant. Oui, oui, je devrais n'y être
rentré qu'en me traînant sur mes genoux !
Comment peux-tu aimer encore et sourire à
une brute telle que moi ? Casse-moi ton éventail sur la figure, Consuelo. Mets ton joli pied
sur ma tête. Tu es plus grande que moi de
cent coudées, et je suis ton esclave pour
jamais, à partir d'aujourd'hui.

— Je ne mérite pas ces belles paroles, lui
répondit-elle en s'abandonnant à ses étrein-
tes ; et quant à tes distractions, je les excuse,
car je les comprends. Je vois bien que la peur

d'être séparé de moi, et de voir diviser une
vie qui ne peut être qu'une pour nous deux,
t'a seule inspiré ce chagrin et ces doutes. Tu
as manqué de foi envers Dieu; c'est bien plus
mal que si tu m'avais accusée de quelque
lâcheté. Mais je prierai pour toi, et je dirai:
Seigneur, pardonnez-lui comme je lui pardonne.

En exprimant son amour avec abandon,
simplicité, et en y mêlant, comme toujours,
cette dévotion espagnole pleine de tendresse
humaine et de compromis ingénus, Consuelo
était si belle; la fatigue et les émotions de la
journée avaient répandu sur elle une langueur
si suave, qu'Anzoleto, exalté d'ailleurs par
cette espèce d'apothéose dont elle sortait et
qui la lui montrait sous une face nouvelle,
ressentit enfin tous les délires d'une passion
violente pour cette petite sœur jusque là si
paisiblement aimée. Il était de ces hommes

qui ne s'enthousiasment que pour ce qui est
applaudi, convoité et disputé par les autres.
La joie de sentir en sa possession l'objet de
tant de désirs qu'il avait vus s'allumer et
bouillonner autour d'elle, éveilla en lui des
désirs irréfrénables; et, pour la première
fois, Consuelo fut réellement en péril entre
ses bras.—Sois mon amante, sois ma femme,
s'écria-t-il enfin d'une voix étouffée. Sois à
moi tout entière et pour toujours.

— Quand tu voudras, lui répondit Consuelo
avec un sourire angélique. Demain si tu
veux.

— Demain! Et pourquoi demain?

— Tu as raison, il est plus de minuit, c'est
aujourd'hui que nous pouvons nous marier.
Dès que le jour sera levé, nous pouvons aller
trouver le prêtre. Nous n'avons de parents ni
l'un ni l'autre, la cérémonie ne demandera
pas de longs préparatifs. J'ai ma robe d'in-

dienne que je n'ai pas encore mise. Tiens,
mon ami, en la faisant, je me disais : Je n'aurai plus d'argent pour acheter ma robe de
noces ; et si mon ami se décidait à m'épouser
un de ces jours, je serais forcée de porter à
l'église la même qui aurait déjà été étrennée.
Cela porte malheur, à ce qu'on dit. Aussi,
quand ma mère est venue en rêve me la re-
tirer pour la remettre dans l'armoire, elle
savait bien ce qu'elle faisait, la pauvre âme !
Ainsi donc tout est prêt ; demain, au lever du
soleil, nous nous jurerons fidélité. Tu atten-
dais pour cela, méchant, d'être sûr que je
n'étais pas là de ?

—Oh ! Consuelo, s'écria Anzoleto avec
angoisse, tu es un enfant, un véritable enfant !
Nous ne pouvons nous marier ainsi du jour au
lendemain sans qu'on le sache ; car le comte
et le Porpora, dont la protection nous est
encore si nécessaire, seraient fort irrités

contre nous, si nous prenions cette détermination sans les consulter, sans même les
avertir. Ton vieux maître ne m'aime pas
trop, et le comte, je le sais de bonne part,
n'aime pas les cantatrices mariées. Il faudra
donc que nous gagnions du temps pour les
amener à consentir à notre mariage ; ou bien
il faut au moins quelques jours, si nous nous
marions en secret, pour préparer mystérieu-
sement cette affaire délicate. Nous ne pouvons pas courir à San-Samuel, où tout le
monde nous connaît, et où il ne faudra que la
présence d'une vieille bonne femme pour que
toute la paroisse en soit avertie au bout
d'une heure.

— Je n'avais pas songé à tout cela, dit
Consuelo. Eh bien, de quoi me parlais-tu
donc tout-à-l'heure ? Pourquoi, méchant,
me disais-tu « Sois ma femme, » puisque tu
savais que cela n'était pas encore possible ?

Ce n'est pas moi qui t'en ai parlé la première, Anzoleto ! Quoique j'aie pensé bien souvent que nous étions en âge de nous marier, et que je n'eusse jamais songé aux obstacles dont tu parles, je m'étais fait un devoir de laisser cette décision à ta prudence, et, faut-il te le dire ? à ton inspiration; car je voyais bien que tu n'étais pas trop pressé de m'appeler ta femme, et je ne t'en voulais pas. Tu m'as souvent dit qu'avant de s'établir, il fallait assurer le sort de sa famille future, en s'assurant soi-même de quelques ressources. Ma mère le disait aussi, et je trouve cela raisonnable. Ainsi, tout bien considéré, ce serait encore trop tôt. Il faut que notre engagement à tous deux avec le théâtre soit signé, n'est-ce pas ? Il faut même que la faveur du public nous soit assurée. Nous reparlerons de cela après nos débuts. Pourquoi pâlis-tu ? O mon Dieu, pourquoi serres-tu ainsi les

poings, Anzoleto ? Ne sommes-nous pas bien
heureux ? Avons-nous besoin d'être liés par
un serment pour nous aimer et compter l'un
sur l'autre ?

— O Consuelo, que tu es calme, que tu es
pure, et que tu es froide ! s'écria Anzoleto
avec une sorte de rage.

—Moi ! je suis froide ! s'écria la jeune Espagnole stupéfaite et vermeille d'indignation.

— Hélas ! je t'aime comme on peut aimer
une femme, et tu m'écoutes et tu me réponds
comme un enfant. Tu ne connais que l'amitié,
tu ne comprends pas l'amour. Je souffre, je
brûle, je meurs à tes pieds, et tu me parles
de prêtre, de robe et de théâtre ?

Consuelo, qui s'était levée avec impétuosité, se rassit confuse et toute tremblante.
Elle garda longtemps le silence ; et lorsque
Anzoleto voulut lui arracher de nouvelles caresses, elle le repoussa doucement.—Ecoute,

lui dit-elle, il faut s'expliquer et se connaître. Tu me crois trop enfant en vérité, et ce serait une minauderie de ma part, de ne te pas avouer qu'à présent je comprends fort bien. Je n'ai pas traversé les trois quarts de l'Europe avec des gens de toute espèce, je n'ai pas vu de près les mœurs libres et sauvages des artistes vagabonds, je n'ai pas deviné, hélas ! les secrets mal cachés de ma pauvre mère, sans savoir ce que toute fille du peuple sait d'ailleurs fort bien à mon âge. Mais je ne pouvais pas me décider à croire, Anzoleto, que tu voulusses m'engager à violer un serment fait à Dieu entre les mains de ma mère mourante. Je ne tiens pas beaucoup à ce que les patriciennes, dont j'entends quelquefois les causeries, appellent leur réputation. Je suis trop peu de chose dans le monde pour attacher mon honneur au plus ou moins de chasteté qu'on voudra bien me supposer;

mais je fais consister mon honneur à garder
mes promesses, de même que je fais consister
le tien à savoir garder les tiennes. Je ne suis
peut-être pas aussi bonne catholique que je
voudrais l'être. J'ai été si peu instruite dans
la religion! Je ne puis pas avoir d'aussi belles
règles de conduite et d'aussi belles maximes
de vertu que ces jeunes filles de la scuola,
élevées dans le cloître et entretenues du
matin au soir dans la science divine. Mais je
pratique comme je sais et comme je peux.
Je ne crois pas notre amour capable de s'en-
tacher d'impureté pour devenir un peu plus
vif avec nos années. Je ne compte pas trop
les baisers que je te donne, mais je sais que
nous n'avons pas désobéi à ma mère, et que
je ne veux pas lui désobéir pour satisfaire
des impatiences faciles à réprimer.

— Faciles! s'écria Anzoleto en la pressant
avec emportement sur sa poitrine; faciles!
Je savais bien que tu étais froide.

— Froide, tant que tu voudras, répondit-elle en se dégageant de ses bras. Dieu, qui lit dans mon cœur, sait bien si je t'aime !

— Eh bien ! jette-toi donc dans son sein, dit Anzoleto avec dépit ; car le mien n'est pas un refuge aussi assuré, et je m'enfuis pour ne pas devenir impie.

Il courut vers la porte, croyant que Consuelo, qui n'avait jamais pu se séparer de lui au milieu d'une querelle, si légère qu'elle fût, sans chercher à le calmer, s'empresserait de le retenir. Elle fit effectivement un mouvement impétueux pour s'élancer vers lui ; puis elle s'arrêta, le vit sortir, courut aussi vers la porte, mit la main sur le loquet pour ouvrir et le rappeler. Mais, ramenée à sa résolution par une force surhumaine, elle tira le verrou sur lui ; et, vaincue par une lutte trop violente, elle tomba raide évanouie sur le plancher, où elle resta sans mouvement jusqu'au jour.

14

— Je t'avoue que j'en suis éperdument amoureux, disait cette même nuit le comte Zustiniani à son ami Barberigo, vers deux heures du matin, sur le balcon de son palais, par une nuit obscure et silencieuse.

— C'est me signifier que je dois me garder

de le devenir, répondit le jeune et brillant Barberigo ; et je me soumets, car tes droits priment les miens. Cependant si la Corilla réussissait à te reprendre dans ses filets, tu aurais la bonté de m'en avertir, et je pourrais alors essayer de me faire écouter?...

— N'y songe pas, si tu m'aimes. La Corilla n'a jamais été pour moi qu'un amusement. Je vois à ta figure que tu me railles ?

— Non, mais je pense que c'est un amusement un peu sérieux que celui qui nous fait faire de telles dépenses et de si grandes folies.

— Prenons que je porte tant d'ardeur dans mes amusements que rien ne me coûte pour les prolonger. Mais ici c'est plus qu'un désir ; c'est, je crois, une passion. Je n'ai jamais vu de créature aussi étrangement belle que cette Consuelo ; c'est comme une lampe qui pâlit de temps en temps, mais qui, au

moment où elle semble prête à s'éteindre,
jette une clarté si vive que les astres, comme
disent nos poètes, en sont éclipsés.

— Ah ! dit Barberigo en soupirant, cette
petite robe noire et cette collerette blanche,
cette toilette à demi pauvre et à demi dévote,
cette tête pâle, calme, sans éclat au premier
regard, ces manières rondes et franches,
cette étonnante absence de coquetterie,
comme tout cela se transforme et se divinise
lorsqu'elle s'inspire de son propre génie pour
chanter ! Heureux Zustiniani qui tiens dans
tes mains les destinées de cette ambition
naissante !

— Que ne suis-je assuré de ce bonheur
que tu m'envies ! mais je suis tout effrayé au
contraire de ne trouver là aucune des passions féminines que je connais, et qui sont si
faciles à mettre en jeu. Conçois-tu, ami,
que cette fille soit restée une énigme pour

moi, après toute une journée d'examen et
de surveillance ? Il me semble, à sa tranquillité et à ma maladresse, que je suis déjà
épris au point de ne plus voir clair.

— Certes, tu es épris plus qu'il ne faudrait,
puisque tu es aveugle. Moi, que l'espérance
ne trouble point, je te dirai en trois mots ce
que tu ne comprends pas. Consuelo est une
fleur d'innocence ; elle aime le petit Anzoleto;
elle l'aimera encore pendant quelques jours ;
et si tu brusques cet attachement d'enfance,
tu lui donneras des forces nouvelles. Mais si
tu parais ne point t'en occuper, la comparaison qu'elle fera entre lui et toi refroidira
bientôt son amour.

— Mais il est beau comme Apollon, ce
petit drôle ! il a une voix magnifique ; il aura
du succès. Déjà la Corilla en était folle. Ce
n'est pas un rival à dédaigner auprès d'une
fille qui a des yeux.

— Mais il est pauvre, et tu es riche ; inconnu, et tu es tout-puissant, reprit Barberigo. L'important serait de savoir s'il est son amant ou son ami. Dans le premier cas, le désabusement arrivera plus vite que Consuelo ; dans le second, il y aura entre eux une lutte, une incertitude qui prolongeront tes angoisses.

— Il me faudrait donc désirer ce que je crains horriblement, ce qui me bouleverse de rage rien que d'y songer ! Toi, qu'en penses-tu ?

— Je crois qu'ils ne sont point amants.

— Mais c'est impossible ! L'enfant est libertin, audacieux, bouillant : et puis les mœurs de ces gens-là !

— Consuelo est un prodige en toutes choses. Tu n'es pas bien expérimenté encore, malgré tous tes succès auprès des femmes, cher Zustiniani, si tu ne vois pas dans tous

les mouvements, dans toutes les paroles,
dans tous les regards de cette fille, qu'elle
est aussi pure que le cristal au sein du ro-
cher.

— Tu me transportes de joie !

— Prends garde ! c'est une folie, un pré-
jugé ! Si tu aimes Consuelo, il faut la marier
demain, afin que dans huit jours son maître
lui ait fait sentir le poids d'une chaîne, les
tourments de la jalousie, l'ennui d'un surveil-
lant fâcheux, injuste, et infidèle ; car le bel
Anzoleto sera tout cela. Je l'ai assez observé
hier entre la Consuelo et la Clorinda, pour
être à même de lui prophétiser ses torts et
ses malheurs. Suis mon conseil, ami, et tu
m'en remercieras bientôt. Le lien du mariage
est facile à détendre entre gens de cette condition ; et tu sais que, chez ces femmes-là, l'a-
mour est une fantaisie ardente qui ne s'exalte
qu'avec les obstacles.

— Tu me désespères, répondit le comte, et pourtant je sens que tu as raison.

Malheureusement pour les projets du comte Zustiniani, ce dialogue avait un auditeur sur lequel on ne comptait point et qui n'en perdait pas une syllabe. Après avoir quitté Consuelo, Anzoleto, repris de jalousie, était revenu rôder autour du palais de son protecteur, pour s'assurer qu'il ne machinait pas un de ces enlèvements si fort à la mode en ce temps-là, et dont l'impunité était à peu près garantie aux patriciens. Il ne put en entendre davantage; car la lune, qui commençait à monter obliquement au-dessus des combles du palais, vint dessiner, de plus en plus nette, son ombre sur le pavé, et les deux jeunes seigneurs, s'apercevant ainsi de la présence d'un homme sous le balcon, se retirèrent et fermèrent la croisée.

Anzoleto s'esquiva, et alla rêver en liberté

à ce qu'il venait d'entendre. C'en était bien
assez pour qu'il sût à quoi s'en tenir, et pour
qu'il fît son profit des vertueux conseils de
Barberigo à son ami. Il dormit à peine deux
heures vers le matin, puis il courut à la
Corte-Minelli. La porte était encore fermée
au verrou, mais à travers les fentes de cette
barrière mal close, il put voir Consuelo tout
habillée, étendue sur son lit, endormie,
avec la pâleur et l'immobilité de la mort. La
fraîcheur de l'aube l'avait tirée de son éva-
nouissement, et elle s'était jetée sur sa couche sans avoir la force de se déshabiller. Il
resta quelques instants à la contempler avec
une inquiétude pleine de remords. Mais bientôt s'impatientant et s'effrayant de ce sommeil
léthargique, si contraire aux vigilantes habitudes de son amie, il élargit doucement
avec son couteau une fente par laquelle il
put passer la lame et faire glisser le verrou.

Cela ne réussit pourtant pas sans quelque bruit ; mais Consuelo, brisée de fatigue, n'en fut point éveillée. Il entra donc, referma là porte, et vint s'agenouiller à son chevet, où il resta jusqu'à ce qu'elle ouvrit les yeux. En le trouvant là, le premier mouvement de Consuelo fut un cri de joie ; mais, retirant aussitôt ses bras qu'elle lui avait jetés au cou, elle se recula avec un mouvement d'effroi.

— Tu me crains donc à présent, et, au lieu de m'embrasser, tu veux me fuir ! lui dit-il avec douleur. Ah ! que je suis cruellement puni de ma faute! Pardonne-moi, Consuelo, et vois si tu dois te méfier de ton ami. Il y a une grande heure que je suis là à te regarder dormir. Oh! pardonne-moi, ma sœur ; c'est la première et la dernière fois de ta vie que tu auras eu à blâmer et à repousser ton frère. Jamais plus je n'offenserai la

sainteté de notre amour par des emportements coupables. Quitte-moi, chasse-moi, si
je manque à mon serment. Tiens, ici, sur ta
couche virginale, sur le lit de mort de ta
pauvre mère, je te jure de te respecter
comme je t'ai respectée jusqu'à ce jour, et
de ne pas te demander un seul baiser, si tu
l'exiges, tant que le prêtre ne nous aura pas
bénis. Es-tu contente de moi, chère et sainte
Consuelo ?

Consuelo ne répondit qu'en pressant la
tête blonde du Vénitien sur son cœur et en
l'arrosant de larmes. Cette effusion la soula-
gea ; et bientôt après, retombant sur son dur
petit oreiller : Je t'avoue, lui dit-elle, que je
suis anéantie ; car je n'ai pu fermer l'œil de
toute la nuit. Nous nous étions si mal quittés !

— Dors, Consuelo, dors, mon cher ange,
répondit Anzoleto ; souviens-toi de cette nuit
où tu m'as permis de dormir sur ton lit,

pendant que tu priais et que tu travaillais à cette petite table. C'est à mon tour de garder et de protéger ton repos. Dors encore, mon enfant ; je vais feuilleter ta musique et la lire tout bas, pendant que tu sommeilleras une heure ou deux. Personne ne s'occupera de nous (si on s'en occupe aujourd'hui) avant le soir. Dors donc, et prouve-moi par cette confiance que tu me pardonnes et que tu crois en moi.

Consuelo lui répondit par un sourire de béatitude. Il l'embrassa au front, et s'installa devant la petite table, tandis qu'elle goûtait un sommeil bienfaisant entremêlé des plus doux songes.

Anzoleto avait vécu trop longtemps dans un état de calme et d'innocence auprès de cette jeune fille, pour qu'il lui fût bien difficile, après un seul jour d'agitation, de reprendre son rôle accoutumé. C'était pour

ainsi dire l'état normal de son âme que cette
affection fraternelle. D'ailleurs ce qu'il avait
entendu la nuit précédente, sous le balcon de
Zustiniani, était de nature à fortifier ses ré-
solutions : Merci, mes beaux seigneurs, se
disait-il en lui-même ; vous m'avez donné
des leçons de morale à votre usage, dont le
petit drôle saura profiter ni plus ni moins
qu'un roué de votre classe. Puisque la possession refroidit l'amour, puisque les droits
du mariage amènent la satiété et le dégoût,
nous saurons conserver pure cette flamme
que vous croyez si facile à éteindre. Nous
saurons nous abstenir et de la jalousie, et de
l'infidélité, et même des joies de l'amour.
Illustre et profond Barberigo, vos prophéties
portent conseil, et il fait bon d'aller à votre
école !

En songeant ainsi, Anzoleto, vaincu à son
tour par la fatigue d'une nuit presque blan-

ché, s'assoupit de son côté, la tête dans ses mains et les coudes sur la table. Mais son sommeil fut léger; et, le soleil commençant à baisser, il se leva pour regarder si Consuelo dormait encore. Les feux du couchant, pénétrant par la fenêtre, empourpraient d'un superbe reflet le vieux lit et la belle dormeuse. Elle s'était fait, de sa mantille de mousseline blanche, un rideau attaché aux pieds du crucifix de filigrane qui était cloué au mur au-dessus de sa tête. Ce voile léger retombait avec grâce sur son corps souple et admirable de proportions; et dans cette demi-teinte rose, affaissée comme une fleur aux approches du soir, les épaules inondées de ses beaux cheveux sombres sur sa peau blanche et mate, les mains jointes sur sa poitrine comme une sainte de marbre blanc sur son tombeau, elle était si chaste et si divine, qu'Anzoleto s'écria dans son cœur:

Ah ! comte Zustiniani ! que ne peux-tu la voir en cet instant, et moi auprès d'elle, gardien jaloux et prudent d'un trésor que tu convoiteras en vain !

Au même instant un faible bruit se fit entendre au dehors, Anzoleto reconnut le clapotement de l'eau au pied de la masure où était située la chambre de Consuelo. Bien rarement les gondoles abordaient à cette pauvre Corte-Minelli ; d'ailleurs un démon tenait en éveil les facultés divinatoires d'Anzoleto. Il grimpa sur une chaise, et atteignit à une petite lucarne percée près du plafond sur la face de la maison que baignait le canaletto. Il vit distinctement le comte Zustiniani sortir de sa barque et interroger les enfants demi-nus qui jouaient sur la rive. Il fut incertain s'il éveillerait son amie, ou s'il tiendrait la porte fermée. Mais pendant dix minutes que le comte perdit à demander et à

chercher la mansarde de Consuelo, il eut le
temps de se faire un sang-froid diabolique
et d'aller entr'ouvrir la porte, afin qu'on pût
entrer sans obstacle et sans bruit; puis il se
remit devant la petite table, prit une plume,
et feignit d'écrire des notes. Son cœur battait
violemment, mais sa figure était calme et
impénétrable.

Le comte entra en effet sur la pointe du
pied, se faisant un plaisir curieux de sur-
prendre sa protégée, et se réjouissant de
ces apparences de misère qu'il jugeait être
les meilleures conditions possibles pour favo-
riser son plan de corruption. Il apportait
l'engagement de Consuelo déjà signé de lui,
et ne pensait point qu'avec un tel passeport
il dût essuyer un accueil trop farouche. Mais
au premier aspect de ce sanctuaire étrange,
où une adorable fille dormait du sommeil des
anges, sous l'œil de son amant respectueux

ou satisfait, le pauvre Zustiniani perdit contenance, s'embarrassa dans son manteau
qu'il portait drapé sur l'épaule d'un air con-
quérant, et fit trois pas tout de travers entre
le lit et la table sans savoir à qui s'adresser.
Anzoleto était vengé de la scène de la veille
à l'entrée de la gondole.

— Mon seigneur et maître ! s'écria-t-il en
se levant enfin comme surpris par une visite
inattendue : je vais éveiller ma... fiancée.

— Non, lui répondit le comte, déjà remis
de son trouble, et affectant de lui tourner le
dos pour regarder Consuelo à son aise. Je
suis trop heureux de la voir ainsi. Je te défends de l'éveiller.

— Oui, oui, regarde-la bien, pensait Anzoleto ; c'est tout ce que je demandais.

Consuelo ne s'éveilla point ; et le comte,
baissant la voix, se composant une figure
gracieuse et sereine, exprima son admira-

tion sans contrainte. — Tu avais raison,
Zoto, dit-il d'un air aisé; Consuelo est la
première chanteuse de l'Italie, et j'avais tort
de douter qu'elle fût la plus belle femme de
l'univers.

— Votre Seigneurerie la croyait affreuse,
cependant? dit Anzoleto avec malice.

— Tu m'as sans doute accusé auprès d'elle
de toutes mes grossièretés? Mais je me réserve de me les faire pardonner par une
amende honorable si complète, que tu ne
pourras plus me nuire en lui rappelant mes
torts.

— Vous nuire, mon cher seigneur! Ah!
comment le pourrais-je, quand même j'en
aurais la pensée?

Consuelo s'agita un peu. — Laissons-là s'é-
veiller sans trop de surprise, dit le comte, et
débarrasse-moi cette table pour que je puisse
y poser et y relire l'acte de son engagement.

Tiens, ajouta-t-il lorsque Anzoleto eut obéi
à son ordre, tu peux jeter les yeux sur ce
papier, en attendant qu'elle ouvre les siens.

— Un engagement avant l'épreuve des
débuts ! Mais c'est magnifique, ô mon noble
patron ! Et le début tout de suite ? avant que
l'engagement de la Corilla soit expiré ?

— Ceci ne m'embarrasse point. Il y a un
dédit de mille sequins avec la Corilla : nous
le paierons ; la belle affaire !

— Mais si la Corilla suscite des cabales ?

— Nous la ferons mettre aux plombs, si
elle cabale.

— Vive Dieu ! Rien ne gêne Votre Seigneurie.

— Oui, Zoto, répondit le comte d'un ton
raide, nous sommes comme cela ; ce que
nous voulons, nous le voulons envers et contre tous.

— Et les conditions de l'engagement sont

les mêmes que pour la Corilla ? Pour une débutante sans nom, sans gloire, les mêmes conditions que pour une cantatrice illustre, adorée du public ?

— La nouvelle cantatrice le sera davantage ; et si les conditions de l'ancienne ne la satisfont pas, elle n'aura qu'un mot à dire pour qu'on double ses appointements. Tout dépend d'elle, ajouta-t-il en élevant un peu la voix, car il s'aperçut que la Consuelo s'éveillait : son sort est dans ses mains.

Consuelo avait entendu tout ceci dans un demi-sommeil. Quand elle se fut frotté les yeux et assuré que ce n'était point un rêve, elle se glissa dans sa ruelle sans trop songer à l'étrangeté de sa situation, releva sa chevelure sans trop s'inquiéter de son désordre, s'enveloppa de sa mantille, et vint avec une confiance ingénue se mêler à la conversation. — Seigneur comte, dit-elle, c'est trop

de bontés ; mais je n'aurai pas l'impertinence
d'en profiter. Je ne veux pas signer cet engagement avant d'avoir essayé mes forces
devant le public ; ce ne serait point délicat
de ma part. Je peux déplaire, je peux faire
fiasco, être sifflée. Que je sois enrouée, troublée, ou bien laide ce jour-là, votre parole
serait engagée, vous seriez trop fier pour la
reprendre, et moi trop fière pour en abuser.

— Laide ce jour-là, Consuelo ! s'écria le
comte en la regardant avec des yeux enflam-
més ; laide, vous ? Tenez, regardez-vous
comme vous voilà, ajouta-t-il en la prenant
par la main et en la conduisant devant son
miroir. Si vous êtes adorable dans ce cos-
tume, que serez-vous donc, couverte de
pierreries et rayonnante de l'éclat du triomphe ?

L'impertinence du comte faisait presque
grincer les dents à Anzoleto. Mais l'indiffé-

rence enjouée avec laquelle Consuelo recevait ses fadeurs le calma aussitôt.

— Monseigneur, dit-elle en repoussant le morceau de glace qu'il approchait de son visage, prenez garde de casser le reste de mon miroir; je n'en ai jamais eu d'autre, et j'y tiens parce qu'il ne m'a jamais abusée. Laide ou belle, je refuse vos prodigalités. Et puis je dois vous dire franchement que je ne débuterai pas, et que je ne m'engagerai pas, si mon fiancé que voilà n'est engagé aussi; car je ne veux ni d'un autre théâtre ni d'un autre public que le sien. Nous ne pouvons pas nous séparer, puisque nous devons nous marier.

Cette brusque déclaration étourdit un peu le comte; mais il fut bientôt remis. — Vous avez raison, Consuelo, répondit-il : aussi mon intention n'est-elle pas de jamais vous séparer. Zoto débutera en même temps que vous. Seulement nous ne pouvons pas nous dissimuler que son talent, bien que remarquable, est encore inférieur au vôtre...

— Je ne crois point cela, Monseigneur, répliqua vivement Consuelo en rougissant, comme si elle eût reçu une offense personnelle.

— Je sais qu'il est votre élève, beaucoup plus que celui du professeur que je lui ai donné, répondit le comte en souriant. Ne vous en défendez pas, belle Consuelo. En apprenant votre intimité, le Porpora s'est écrié : Je ne m'étonne plus de certaines qualités qu'il possède et que je ne pouvais pas concilier avec tant de défauts !

— Grand merci au *signor professor !* dit Anzoleto en riant du bout des lèvres.

— Il en reviendra, dit Consuelo gaiement. Le public d'ailleurs lui donnera un démenti, à ce bon et cher maître.

— Le bon et cher maître est le premier juge et le premier connaisseur de la terre en fait de chant, répliqua le comte. Anzoleto profitera encore de vos leçons, et il fera bien. Mais je répète que nous ne pouvons fixer les bases de son engagement, avant d'avoir apprécié le sentiment du public à son égard. Qu'il débute donc, et nous verrons à le satisfaire suivant la justice et notre bienveillance, sur laquelle il doit compter.

— Qu'il débute donc, et moi aussi, reprit Consuelo ; nous sommes aux ordres de monsieur le comte. Mais pas de contrat, pas de signature avant l'épreuve, j'y suis déterminée.....

— Vous n'êtes pas satisfaite des conditions que je vous propose, Consuelo? Eh b'en! dictez-les vous-même : tenez, voici la plume, rayez, ajoutez ; ma signature est au bas.

Consuelo prit la plume. Anzoleto pâlit; et

le comte, qui l'observait, mordit de plaisir le bout de son rabat de dentelle qu'il tortillait entre ses doigts. Consuelo fit une grande X sur le contrat, et écrivit sur ce qui restait de blanc au dessus de la signature du comte : « Anzoleto et Consuelo s'engageront conjointement aux conditions qu'il plaira à monsieur le comte Zustiniani de leur imposer après leurs débuts, qui auront lieu le mois prochain au théâtre de San-Samuel. » Elle signa rapidement et passa ensuite la plume à son amant. — Signe sans regarder, lui dit-elle ; tu ne peux faire moins pour prouver ta gratitude et ta confiance à ton bienfaiteur.

Anzoleto avait lu d'un clin d'œil avant de signer ; lecture et signature furent l'affaire d'une demi-minute. Le comte lut par-dessus son épaule. — Consuelo, dit-il, vous êtes une étrange fille, une admirable créature, en

vérité ! Venez dîner tous les deux avec moi,
dit-il en déchirant le contrat et en offrant sa
main à Consuelo, qui accepta, mais en le
priant d'aller l'attendre avec Anzoleto dans
sa gondole, tandis qu'elle ferait un peu de
toilette.

Décidément, se dit-elle dès qu'elle fut
seule, j'aurai le moyen d'acheter une robe
de noces. Elle mit sa robe d'indienne, rajusta
ses cheveux, et bondit dans l'escalier en
chantant à pleine voix une phrase éclatante
de force et de fraîcheur. Le comte, par excès
de courtoisie, avait voulu l'attendre avec Anzoleto sur l'escalier. Elle le croyait plus loin,
et tomba presque dans ses bras. Mais, s'en
dégageant avec prestesse, elle prit sa main
et la porta à ses lèvres, à la manière du pays,
avec le respect d'une inférieure qui ne veut
point escalader les distances : puis, se retournant, elle se jeta au cou de son fiancé, et

alla, toute joyeuse et toute folâtre, sauter
dans la gondole, sans atte dre l'esco te cé-
rémonieuse du protecteur un peu mortifé.

15

Le comte, voyant que Consuelo était insensible à l'appât du gain, essaya de faire
jouer les ressorts de la vanité, et lui offrit
des bijoux et des parures : elle les refusa.
D'abord Zustiniani s'imagina qu'elle comprenait ses intentions secrètes ; mais bientôt il

s'aperçut que c'était uniquement chez elle
une sorte de rustique fierté, et qu'elle ne
voulait pas recevoir de récompenses avant
de les avoir méritées en travaillant à la
prospérité de son théâtre. Cependant il lui fit
accepter un habillement complet de satin
blanc, en lui disant qu'elle ne pouvait pas
décemment paraître dans son salon avec sa
robe d'indienne, et qu'il exigeait que, par
égard pour lui, elle quittât la livrée du peuple. Elle se soumit, et abandonna sa belle
taille aux couturières à la mode, qui n'en
tirèrent point mauvais parti et n'épargnè-
rent point l'étoffe. Ainsi transformée au bout
de deux jours en femme élégante, forcée
d'accepter aussi un rang de perles fines que
le comte lui présenta comme le paiement de
la soirée où elle avait chanté devant lui et
ses amis, elle fut encore belle, sinon comme
il convenait à son genre de beauté, mais

comme il fallait qu'elle le devînt pour être
comprise par les yeux vulgaires. Ce résultat
ne fut pourtant jamais complètement obtenu.
Au premier abord, Consuelo ne frappait et
n'éblouissait personne. Elle fut toujours
pâle, et ses habitudes studieuses et modestes
ôtèrent à son regard cet éclat continuel
qu'acquièrent les yeux des femmes dont
l'unique pensée est de briller. Le fond de son
caractère comme celui de sa physionomie
était sérieux et réfléchi. On pouvait la regarder manger, parler de choses indiffé-
rentes, s'ennuyer poliment au milieu des ba-
nalités de la vie du monde, sans se douter
qu'elle fût belle. Mais que le sourire d'un enjouement qui s'alliait aisément à cette sérénité de son âme vînt effleurer ses traits, on
commençait à la trouver agréable. Et puis,
qu'elle s'animât davantage, qu'elle s'inté-
ressât vivement à l'action extérieure, qu'elle

s'attendrît, qu'elle s'exaltât, qu'elle entrât
dans la manifestation de son sentiment intérieur et dans l'exercice de sa force cachée,
elle rayonnait de tous les feux du génie et de
l'amour ; c'était un autre rêve : on était ravi,
passionné, anéanti à son gré, et sans qu'elle
se rendît compte du mystère de sa puissance.

Aussi ce que le comte éprouvait pour elle
l'étonnait et le tourmentait étrangement. Il
y avait dans cet homme du monde des fibres
d'artiste qui n'avaient pas encore vibré, et
qu'elle faisait frémir de mouvements incon-
nus. Mais cette révélation ne pouvait péné-
trer assez avant dans l'âme du patricien,
pour qu'il comprît l'impuissance et la pauvreté des moyens de séduction qu'il voulait
employer auprès d'une femme en tout différente de celle qu'il avait su corrompre.

Il prit patience, et résolut d'essayer sur
elle les effets de l'émulation. Il la conduisit

dans sa loge au théâtre, afin qu'elle vît les succès de la Corilla, et que l'ambition s'éveillât en elle. Mais le résultat de cette épreuve fut fort différent de ce qu'il en attendait. Consuelo sortit du théâtre froide, silencieuse, fatiguée et non émue de ce bruit et de ces applaudissements. La Corilla lui avait paru manquer d'un talent solide, d'une passion noble, d'une puissance de bon aloi. Elle se sentit compétente pour juger ce talent factice, forcé, et déjà ruiné dans sa source par une vie de désordre et d'égoïsme. Elle battit des mains d'un air impassible, prononça des paroles d'approbation mesurée, et dédaigna de jouer cette vaine comédie d'un généreux enthousiasme pour une rivale qu'elle ne pouvait ni craindre ni admirer. Un instant, le comte la crut tourmentée d'une secrète jalousie, sinon pour le talent, du moins pour le succès de la prima-donna.—Ce succès n'est rien auprès de celui que vous remporterez, lui dit-il ; qu'il vous serve seulement à pressentir les triomphes qui vous attendent, si vous êtes devant le public ce que vous avez été devant nous. J'espère que vous n'êtes pas effrayée de ce que vous voyez ?

— Non, seigneur comte, répondit Consuelo en souriant. Ce public ne m'effraie pas, car je ne pense pas à lui ; je pense au parti qu'on peut tirer de ce rôle que la Corilla remplit d'une manière brillante, mais où il reste à trouver d'autres effets qu'elle n'aperçoit point.

— Quoi, vous ne pensez pas au public ?

— Non : je pense à la partition, aux intentions du compositeur, à l'esprit du rôle, à l'orchestre qui a ses qualités et ses défauts, les uns dont il faut tirer parti, les autres qu'il faut couvrir en se surpassant à de cer-

tains endroits. J'écoute les chœurs, qui ne
sont pas toujours satisfaisants, et qui ont
besoin d'une direction plus sévère; j'exa-
mine les passages où il faut donner tous ses
moyens, par conséquent ceux auxquels il
faudrait se ménager. Vous voyez, monsieur
le comte, que j'ai à penser à beaucoup de
choses avant de penser au public, qui ne
sait rien de tout cela, et qui ne peut rien m'en
apprendre.

Cette sécurité de jugement et cette gravité
d'examen surprirent tellement Zustiniani,
qu'il n'osa plus lui adresser une seule question, et qu'il se demanda avec effroi quelle
prise un galant comme lui pouvait avoir sur
un esprit de cette trempe.

L'apparition des deux débutants fut pré-
parée avec toutes les rubriques usitées en
pareille occasion. Ce fut une source de diffé-
rends et de discussions continuelles entre le

comte et Porpora, entre Consuelo et son amant. Le vieux maître et sa forte élève blâmaient le charlatanisme des pompeuses annonces et de ces mille vilains petits moyens que nous avons si bien fait progresser en impertinence et en mauvaise foi. A Venise, en ce temps-là, les journaux ne jouaient pas un grand rôle dans de telles affaires. On ne travaillait pas aussi savamment la composition de l'auditoire ; on ignorait les ressources profondes de la réclame, les hâbleries du bulletin biographique, et jusqu'aux puissantes machines appelées claqueurs. Il y avait de fortes brigues, d'ardentes cabales ; mais tout cela s'élaborait dans les coteries, et s'opérait par la seule force d'un public engoué naïvement des uns, hostile sincèrement aux autres. L'art n'était pas toujours le mobile. De petites et de grandes passions, étrangères à l'art et au talent, venaient bien,

comme aujourd'hui, batailler dans le temple·
Mais on était moins habile à cacher ces
causes de discorde, et à les mettre sur le
compte d'un dilettantisme sévère. Enfin c'é-
tait le même fond aussi vulgairement humain, avec une surface moins compliquée
par la civilisation.

Zustiniani menait ces sortes d'affaires en
grand seigneur plus qu'en directeur de spectacle. Son ostentation était un moteur plus
puissant que la cupidité des spéculateurs ordinaires. C'était dans les salons qu'il prépa-
rait son public, et *chauffait* les succès de ses
représentations. Ses moyens n'étaient donc
jamais bas ni lâches; mais il y portait la
puérilité de son amour-propre, l'activité de
ses passions galantes, et le commérage adroit
de la bonne compagnie. Il allait donc démo-
lissant pièce à pièce, avec assez d'art, l'édi-
fice élevé naguère de ses propres mains à la

gloire de Corilla. Tout le monde voyait bien
qu'il voulait édifier une autre gloire; et
comme on lui attribuait la possession complète de cette prétendue merveille qu'il voulait produire, la pauvre Consuelo ne se dou-
tait pas encore des sentiments du comte pour
elle, que déjà tout Venise disait que, dégoûté
de la Corilla, il faisait débuter à sa place une
nouvelle maîtresse. Plusieurs ajoutaient :
« Grande mystification pour son public, et
grand dommage pour son théâtre! car sa
favorite est une petite chanteuse des rues
qui ne sait *rien*, et ne possède rien qu'une
belle voix et une figure passable. »

De là des cabales pour la Corilla, qui, de
son côté, allait jouant le rôle de rivale sacrifiée, et invoquait son nombreux entourage
d'adorateurs, afin qu'ils fissent, eux et leurs
amis, justice des prétentions insolentes de la
Zingarella (petite bohémienne). De là aussi

des cabales en faveur de la Consuelo, de la part des femmes dont la Corilla avait détourné ou disputé les amants et les maris, ou bien de la part des maris qui souhaitaient qu'un certain groupe de Don Juan vénitiens se serrât autour de la débutante plutôt qu'autour de leurs femmes, ou bien encore de la part des amants rebutés ou trahis par la Corilla et qui désiraient de se voir vengés par le triomphe d'une autre.

Quant aux véritables *dilettanti di musica*, ils étaient également partagés entre le suffrage des maîtres sérieux, tels que le Porpora, Marcello, Jomelli, etc., qui annonçaient, avec le début d'une excellente musicienne, le retour des bonnes traditions et des bonnes partitions ; et le dépit des compositeurs secondaires, dont la Corilla avait toujours préféré les œuvres faciles, et qui se voyaient menacés dans sa personne. Les mu-

siciens de l'orchestre, qu'on menaçait aussi
de remettre à des partitions depuis longtemps
négligées, et de faire travailler sérieusement; tout le personnel du théâtre, qui pré-
voyait les réformes résultant toujours d'un
notable changement dans la composition de
la troupe; enfin jusqu'aux machinistes des
décorations, aux habilleuses des actrices et
au perruquier des figurantes, tout était en
rumeur au théâtre San-Samuel, pour ou
contre le début; et il est vrai de dire qu'on s'en
occupait beaucoup plus dans la république
que des actes de la nouvelle administration
du doge Pietro Grimaldi, lequel venait de
succéder paisiblement à son prédécesseur le
doge Luigi Pisani.

Consuelo s'affligeait et s'ennuyait profondément de ces lenteurs et de ces misères
attachées à sa carrière naissante. Elle eût
voulu débuter tout de suite, sans préparation

autre que celle de ses propres moyens et de
l'étude de la pièce nouvelle. Elle ne comprenait rien à ces mille intrigues qui lui semblaient plus dangereuses qu'utiles, et dont
elle sentait bien qu'elle pouvait se passer.
Mais le comte, qui voyait de plus près les
secrets du métier, et qui voulait être envié
et non bafoué dans son bonheur imaginaire
auprès d'elle, n'épargnait rien pour lui faire
des partisans. Il la faisait venir tous les jours
chez lui, et la présentait à toutes les aristocraties de la ville et de la campagne. La
modestie et la souffrance intérieure de Consuelo secondaient mal ses desseins; mais il
la faisait chanter, et la victoire était brillante, décisive, incontestable.

Anzoleto était loin de partager la répu-
gnance de son amie pour les moyens secondaires. Son succès à lui n'était pas à
beaucoup près aussi assuré. D'abord le comte

n'y portait pas la même ardeur; ensuite le ténor auquel il allait succéder était un talent de premier ordre, qu'il ne pouvait point se flatter de faire oublier aisément. Il est vrai que tous les soirs il chantait aussi chez le comte; que Consuelo, dans les duos, le faisait admirablement ressortir, et que, poussé et soutenu par l'entraînement magnétique de ce génie supérieur au sien, il s'élevait souvent à une grande hauteur. Il était donc fort applaudi et fort encouragé. Mais après la surprise que sa belle voix excitait à la première audition, après surtout que Consuelo s'était révélée, on sentait bien les imperfections du débutant, et il les sentait lui même avec effroi. C'était le moment de travailler avec une fureur nouvelle; mais en vain Consuelo l'y exhortait et lui donnait rendez-vous chaque matin à la *Corte-Minelli*, où elle s'obstinait à demeurer en dépit des prières du comte, qui voulait l'établir plus convenablement : Anzoleto se lançait dans tant de démarches, de visites, de sollicitations et d'intrigues, il se préoccupait de tant de soucis et d'anxiétés misérables, qu'il ne lui restait ni temps ni courage pour étudier.

Au milieu de ces perplexités, prévoyant que la plus forte opposition à son succès viendrait de la Corilla, sachant que le comte ne la voyait plus et ne s'occupait d'elle en aucune façon, il se résolut à l'aller voir afin de se la rendre favorable. Il avait ouï dire qu'elle prenait très gaiement et avec une ironie philosophique l'abandon et les vengeances de Zustiniani ; qu'elle avait reçu de brillantes propositions de la part de l'opéra italien de Paris, et qu'en attendant l'échec de sa rivale, sur lequel elle paraissait compter, elle riait à gorge déployée des illusions du comte et de son entourage. Il pensa qu'avec de la prudence et de la fausseté il désarmerait cette ennemie redoutable; et, s'étant paré et parfumé de son mieux, il pénétra dans ses appartements, un après-midi, à l'heure où l'habitude de la sieste rend les visites rares et les palais silencieux.

16

Il trouva la Corilla seule, dans un boudoir
exquis, assoupie encore sur sa chaise longue,
et dans un deshabillé des plus galants,
comme on disait alors ; mais l'altération de
ses traits au grand jour lui fit penser que sa
sécurité n'était pas aussi profonde sur le

chapitre de Consuelo, que voulaient bien le
dire ses partisans fidèles. Néanmoins elle le
reçut d'un air fort enjoué, et lui frappant la
joue avec malice : — Ah! ah! c'est toi, petit
fourbe? lui dit-elle en faisant signe à sa
suivante de sortir et de fermer la porte;
viens-tu encore m'en conter, et te flattes-tu
de me faire croire que tu n'es pas le plus
traître des conteurs de fleurettes, et le plus
intrigant des postulants à la gloire? Vous
êtes un maître fat, mon bel ami, si vous
avez cru me désespérer par votre abandon
subit, après de si tendres déclarations; et
vous avez été un maître sot de vous faire désirer : car je vous ai parfaitement oublié au
bout de vingt-quatre heures d'attente.

— Vingt-quatre heures! c'est immense,
répondit Anzoleto en baisant le bras lourd et
puissant de la Corilla. Oh! si je le croyais, je
serais bien orgueilleux; mais je sais bien que

si je m'étais abusé au point de vous croire
lorsque vous me disiez...

— Ce que je te disais, je te conseille de
l'oublier aussi ; et si tu étais venu me voir,
tu aurais trouvé ma porte fermée. Mais qui
te donne l'impudence de venir aujourd'hui?

— N'est-il pas de bon goût de s'abstenir
de prosternations devant ceux qui sont dans
la faveur, et de venir apporter son cœur et
son dévouement à ceux qui...

— Achève ! à ceux qui sont dans la dis-
grace? C'est bien généreux et très humain
de ta part, mon illustre ami. Et la Corilla se
renversa sur son oreiller de satin noir , en
poussant des éclats de rire aigus et tant soit
peu forcés.

Quoique la prima-donna disgraciée ne fût
pas de la première fraîcheur, que la clarté de
midi ne lui fût pas très favorable, et que le
dépit concentré de ces derniers temps eût un

peu amolli les plans de son beau visage, flo-
rissant d'embonpoint, Anzoleto, qui n'avait
jamais vu de si près en tête à tête une femme
si parée et si renommée, se sentit émouvoir
dans les régions de son âme où Consuelo
n'avait pas voulu descendre, et d'où il avait
banni volontairement sa pure image. Les
hommes corrompus avant l'âge peuvent encore ressentir l'amitié pour une femme honnête et sans art ; mais pour ranimer leurs
passions, il faut les avances d'une coquette.
Anzoleto conjura les railleries de la Corilla
par les témoignages d'un amour qu'il s'était
promis de feindre et qu'il commença à ressentir véritablement. Je dis amour, faute d'un
mot plus convenable; mais c'est profaner un si
beau nom que de l'appliquer à l'attrait qu'in-
spirent des femmes froidement provoquantes
comme l'était la Corilla. Quand elle vit que le
jeune ténor était ému tout de bon, elle s'a—

doucit, et le railla plus amicalement.—Tu m'as
plu tout un soir, je le confesse, dit-elle, mais
au fond je ne t'estime pas. Je te sais ambi-
tieux, par conséquent faux, et prêt à toutes
les infidélités : je ne saurais me fier à toi. Tu
fis le jaloux, une certaine nuit dans ma gondole; tu te posas comme un despote. Cela
m'eût désennuyée des fades galanteries de
nos patriciens; mais tu me trompais, lâche
enfant! tu étais épris d'une autre, et tu n'as
pas cessé de l'être, et tu vas épouser... qui?...
Oh! je le sais fort bien, ma rivale, mon ennemie, la débutante, la nouvelle maîtresse de
Zustiniani. Honte à nous deux, à nous trois,
à nous quatre! ajouta-t-elle en s'animant malgré elle et en retirant sa main de celles d'Anzoleto.

— Cruelle, lui dit-il en s'efforçant de res-
saisir cette main potelée; vous devriez comprendre ce qui s'est passé en moi lorsque je

vous vis pour la première fois, et ne pas vous
soucier de ce qui m'occupait avant ce moment
terrible. Quant à ce qui s'est passé depuis,
ne pouvez-vous le deviner, et avons-nous besoin d'y songer désormais ?

— Je ne me paie pas de demi-mots et de ré-
ticences. Tu aimes toujours la zingarella, tu
l'épouses ?

— Et si je l'aimais, comment se fait-il que
je ne l'aie pas encore épousée ?

— Parce que le comte s'y opposait peut-
être. A présent, chacun sait qu'il le désire. On
dit même qu'il a sujet d'en être impatient, et
la petite encore plus.

Le rouge monta à la figure d'Anzoleto en
entendant ces outrages prodigués à l'être
qu'il vénérait en lui-même au-dessus de tout.

— Ah ! tu es outré de mes suppositions,
répondit la Corilla, c'est bon ; voilà ce que je

voulais savoir. Tu l'aimes ; et quand l'épouses-tu ?

— Je ne l'épouse point du tout.

— Alors vous partagez ? Tu es bien avant dans la faveur de M. le comte !

— Pour l'amour du ciel, Madame, ne parlons ni du comte, ni de personne autre que de vous et de moi.

—Eh bien, soit, dit la Corilla. Aussi bien à cette heure, mon ex-amant et ta future épouse...

Anzoléto était indigné. Il se leva pour sortir. Mais qu'allait-il faire? allumer de plus en plus la haine de cette femme, qu'il était venu calmer. Il resta indécis, horriblement humilié et malheureux du rôle qu'il s'était imposé.

La Corilla brûlait d'envie de le rendre infidèle ; non qu'elle l'aimât, mais parce que c'était une manière de se venger de cette

Consuelo qu'elle n'était pas certaine d'avoir outragée avec justice. Tu vois bien, lui dit-elle en l'enchaînant au seuil de son boudoir par un regard pénétrant, que j'ai raison de me méfier de toi : car en ce moment tu trompes quelqu'un ici. Est-ce *elle* ou moi ?

— Ni l'une ni l'autre, s'écria-t-il en cherchant à se justifier à ses propres yeux ; je ne suis point son amant, je ne le fus jamais. Je n'ai pas d'amour pour elle ; car je ne suis pas jaloux du comte.

— En voici bien d'une autre! Ah! tu es jaloux au point de le nier, et tu viens ici pour te guérir ou te distraire ? grand merci!

— Je ne suis point jaloux, je vous le répète ; et pour vous prouver que ce n'est pas le dépit qui me fait parler, je vous dis que le comte n'est pas plus son amant que moi ;

qu'elle est honnête comme un enfant qu'elle
est, et que leseul coupable envers vous, c'est
le comte Zustiniani.

— Ainsi, je puis faire siffler la zingarella
sans t'affliger ? Tu seras dans ma loge et tu la
siffleras, et en sortant de là tu seras mon
unique amant. Accepte vite , ou je me ré-
tracte.

— Hélas, Madame, vous voulez donc
m'empêcher de débuter ? car vous savez bien
que je dois débuter en même temps que la
Consuelo ? Si vous la faites siffler, moi qui
chanterai avec elle, je tomberai donc, vic-
time de votre courroux ? Et qu'ai-je fait,
malheureux que je suis, pour vous déplaire ?
Hélas! j'ai fait un rêve délicieux et funeste !
je me suis imaginé tout un soir que vous pre-
niez quelque intérêt à moi, et que je grandi-
rais sous votre protection. Et voilà que je suis
objet de votre mépris et de votre haine, moi

qui vous ai aimée et respectée au point de vous fuir! Eh bien, Madame, contentez votre aversion. Faites-moi tomber, perdez-moi, fermez-moi la carrière. Pourvu qu'ici en secret vous me disiez que je ne vous suis point odieux, j'accepterai les marques publiques de votre courroux.

— Serpent que tu es! s'écria la Corilla, où as-tu sucé le poison de la flatterie que ta langue et tes yeux distillent? Je donnerais beaucoup pour te connaître et te comprendre; mais je te crains, car tu es le plus aimable des amants ou le plus dangereux des ennemis.

—Moi, votre ennemi! Et comment oserais-je jamais me poser ainsi, quand même je ne serais pas subjugué par vos charmes? Est-ce que vous avez des ennemis, divine Corilla? Est-ce que vous pouvez en avoir à Venise, où l'on vous connaît et où vous avez toujours régné sans partage? Une

querelle d'amour jette le comte dans un
dépit douloureux. Il veut vous éloigner, il
veut cesser de souffrir. Il rencontre sur son
chemin une petite fille qui semble montrer
quelques moyens et qui ne demande pas
mieux que de débuter. Est-ce un crime de la
part d'une pauvre enfant qui n'entend pro-
noncer votre nom illustre qu'avec terreur,
et qui ne le prononce elle-même qu'avec respect? Vous attribuez à cette pauvrette des
prétentions insolentes qu'elle ne saurait avoir.
Les efforts du comte pour la faire goûter à
ses amis, l'obligeance de ces mêmes amis
qui vont exagérant son mérite, l'amertume
des vôtres qui répandent des calomnies pour
vous aigrir et vous affliger, tandis qu'ils devraient rendre le calme à votre belle âme en
vous montrant votre gloire inattaquable et
votre rivale tremblante; voilà les causes de
ces préventions que je découvre en vous, et

dont je suis si étonné, si stupéfait que je
sais à peine comment m'y prendre pour les
combattre.

—Tu ne le sais que trop bien, langue maudite, dit la Corilla en le regardant avec un
attendrissement voluptueux, encore mêlé de
défiance; j'écoute tes douces paroles, mais
ma raison me dit encore de te redouter. Je
gage que cette Consuelo est divinement belle,
quoiqu'on m'ait dit le contraire, et qu'elle a
du mérite dans un certain genre opposé au
mien, puisque le Porpora, que je connais si
sévère, le proclame hautement.

— Vous connaissez le Porpora? donc vous
savez ses bizarreries, ses manies, on peut
dire. Ennemi de toute originalité chez les
autres et de toute innovation dans l'art du
chant, qu'une petite élève soit bien attentive
à ses radotages, bien soumise à ses pédan-
tesques leçons, le voilà qui, pour une gamme

vocalisée proprement, déclare que cela est préférable à toutes les merveilles que le public idolâtre. Depuis quand vous tourmentez-vous des lubies de ce vieux fou ?

— Elle est donc sans talent ?

— Elle a une belle voix, et chante honnêtement à l'église ; mais elle ne doit rien savoir du théâtre ; et quant à la puissance qu'il y faudrait déployer, elle est tellement paralysée par la peur, qu'il est fort à craindre qu'elle y perde le peu de moyens que le ciel lui a donnés.

— Elle a peur ! On m'a dit qu'elle était au contraire d'une rare impudence.

— Oh ! la pauvre fille ! hélas, on lui en veut donc bien ? Vous l'entendrez, divine Corilla, et vous serez émue d'une noble pitié, et vous l'encouragerez au lieu de la faire siffler, comme vous le disiez en raillant tout-à-l'heure.

— Ou tu me trompes, ou mes amis m'ont bien trompée sur son compte.

— Vos amis se sont laissé tromper eux-mêmes. Dans leur zèle indiscret, ils se sont effrayés de vous voir une rivale : effrayés d'un enfant! effrayés pour vous! Ah! que ces gens-là vous aiment mal, puisqu'ils vous connaissent si peu! Oh! si j'avais le bonheur d'être votre ami, je saurais mieux ce que vous êtes, et je ne vous ferais pas l'injure de m'effrayer pour vous d'une rivalité quelconque, fût-ce celle d'une Faustina ou d'une Molteni.

— Ne crois pas que j'aie été effrayée. Je ne suis ni jalouse ni méchante; et les succès d'autrui n'ayant jamais fait de tort aux miens, je ne m'en suis jamais affligée. Mais quand je crois qu'on veut me braver et me faire souffrir...

— Voulez-vous que j'amène la petite Con-

suelo à vos pieds ? Si elle l'eût osé, elle serait
venue déjà vous demander votre appui et
vos conseils. Mais c'est un enfant si timide !
Et puis, on vous a calomniée aussi auprès
d'elle. A elle aussi on est venu dire que vous
étiez cruelle, vindicative, et que vous comp-
tiez la faire tomber.

— On lui a dit cela ? En ce cas je comprends pourquoi tu es ici.

— Non, Madame, vous ne le comprenez
pas ; car je ne l'ai pas cru un instant, je ne le
croirai jamais. Oh ! non, Madame ! vous ne
me comprenez pas !

En parlant ainsi, Anzoleto fit scintiller ses
yeux noirs, et fléchit le genou devant la Corilla avec une expression de langueur et d'a-
mour incomparables.

La Corilla n'était pas dépourvue de malice
et de pénétration ; mais, comme il arrive aux
femmes excessivement éprises d'elles-mê-

mes, la vanité lui mettait souvent un épais bandeau sur les yeux, et la faisait tomber dans des piéges fort grossiers. D'ailleurs elle était d'humeur galante. Anzoleto était le plus beau garçon qu'elle eût jamais vu. Elle ne put résister à ses mielleuses paroles ; et peu à peu, après avoir goûté avec lui le plaisir de la vengeance, elle s'attacha à lui par les plaisirs de la possession. Huit jours après cette première entrevue, elle en était folle, et menaçait à tout moment de trahir le secret de leur intimité par des jalousies et des emportements terribles. Anzoleto , épris d'elle aussi d'une certaine façon (sans que son cœur pût réussir à être infidèle à Consuelo), était fort effrayé du trop rapide et trop complet succès de son entreprise. Cependant il se flattait de la dominer assez longtemps pour en venir à ses fins, c'est-à-dire pour l'empêcher de nuire à ses débuts et au

succès de Consuelo. Il déployait avec elle une
grande habileté, et possédait l'art d'exprimer le mensonge avec un air de vérité diabolique. Il sut l'enchaîner, la persuader, et
la réduire; il vint à bout de lui faire croire
que ce qu'il aimait par-dessus tout dans une
femme c'était la générosité, la douceur et la
droiture; et il lui traça finement le rôle
qu'elle avait à jouer devant le public avec
Consuelo, si elle ne voulait être haïe et mé-
prisée par lui-même. Il sut être sévère avec
tendresse; et, masquant la menace sous la
louange, il feignit de la prendre pour un
ange de bonté. La pauvre Corilla avait joué
tous les rôles dans son boudoir, excepté celui-là; et celui-là, elle l'avait toujours mal
joué sur la scène. Elle s'y soumit pourtant,
dans la crainte de perdre des voluptés dont
elle n'était pas encore rassasiée, et que, sous
divers prétextes, Anzoleto sut lui ménager et

lui rendre désirables. Il lui fit croire que le comte était toujours épris d'elle, malgré son dépit, et secrètement jaloux en se vantant du contraire. — S'il venait à découvrir le bonheur que je goûte près de toi, lui disait-il, c'en serait fait de mes débuts et peut-être de mon avenir : car je vois à son refroidissement, depuis le jour où tu as eu l'imprudence de trahir mon amour pour toi, qu'il me poursuivrait éternellement de sa haine s'il savait que je t'ai consolée.

Cela était peu vraisemblable, au point où en étaient les choses ; le comte eût été charmé de savoir Anzoleto infidèle à sa fiancée. Mais la vanité de Corilla aimait à se laisser abuser. Elle crut aussi n'avoir rien à craindre des sentiments d'Anzoleto pour la débutante. Lorsqu'il se justifiait sur ce point, et jurait par tous les dieux n'avoir été jamais que le frère de cette jeune fille, comme il disait ma

tériellement la vérité, il y avait tant d'assurance dans ses dénégations que la jalousie
de Corilla était vaincue. Enfin le grand jour
approchait, et la cabale qu'elle avait prépa-
rée était anéantie. Pour son compte, elle
travaillait désormais en sens contraire, persuadée que la timide et inexpérimentée Consuelo tomberait d'elle-même, et qu'Anzoleto
lui saurait un gré infini de n'y avoir pas contribué. En outre, il avait déjà eu le talent de
la brouiller avec ses plus fermes champions,
en feignant d'être jaloux de leurs assiduités,
et en la forçant à les éconduire un peu brusquement.

Tandis qu'il travaillait ainsi dans l'ombre à
déjouer les espérances de la femme qu'il
pressait chaque nuit dans ses bras, le rusé
Vénitien jouait un autre rôle avec le comte
et Consuelo. Il se vantait à eux d'avoir désarmé par d'adroites démarches, des visites

intéressées, et des mensonges effrontés, la
redoutable ennemie de leur triomphe. Le
comte, frivole et un peu commère, s'amusait
infiniment des contes de son protégé. Son
amour-propre triomphait des regrets que
celui-ci attribuait à la Corilla par rapport à
leur rupture, et il poussait ce jeune homme à
de lâches perfidies avec cette légèreté
cruelle qu'on porte dans les relations du théâtre et la galanterie. Consuelo s'en étonnait et s'en affligeait : — Tu ferais mieux,
lui disait-elle, de travailler ta voix et d'étudier ton rôle. Tu crois avoir fait beaucoup en
désarmant l'ennemi. Mais une note bien épu-
rée, une inflexion bien sentie, feraient beaucoup plus sur le public impartial que le silence des envieux. C'est à ce public seul qu'il
faudrait songer, et je vois avec chagrin que
tu n'y songes nullement.

— Sois donc tranquille, chère Consuelita,

lui répondait-il. Ton erreur est de croire à un public à la fois impartial et éclairé. Les gens qui s'y connaissent ne sont presque jamais de bonne foi, et ceux qui sont de bonne foi s'y connaissent si peu qu'il suffit d'un peu d'audace pour les éblouir et les entraîner.

17

La jalousie d'Anzoleto à l'égard du comte s'était endormie au milieu des distractions que lui donnaient la soif du succès et les ardeurs de la Corilla. Heureusement Consuelo n'avait pas besoin d'un défenseur plus moral et plus vigilant. Préservée par sa propre in-

nocence, elle échappait encore aux hardiesses de Zustiniani et le tenait à distance, pré-
cisément par le peu de souci qu'elle en prenait. Au bout de quinze jours, ce roué Vénitien avait reconnu qu'elle n'avait point
encore les passions mondaines qui mènent à
la corruption, et il n'épargnait rien pour les
faire éclore. Mais comme, à cet égard même, il n'était pas plus avancé que le premier
jour, il ne voulait point ruiner ses espérances
par trop d'empressement. Si Anzoleto l'eût
contrarié par sa surveillance, peut-être le
dépit l'eût-il poussé à brusquer les choses;
mais Anzoleto lui laissait le champ libre,
Consuelo ne se méfiait de rien : tout ce qu'il
avait à faire, c'était de se rendre agréable,
en attendant qu'il devînt nécessaire. Il n'y
avait donc sorte de prévenances délicates, de
galanteries raffinées, dont il ne s'ingéniât
pour plaire. Consuelo recevait toutes ces

idolâtries en s'obstinant à les mettre sur le
compte des mœurs élégantes et libérales du
patriciat, du dilettantisme passionné et de la
bonté naturelle de son protecteur. Elle
éprouvait pour lui une amitié vraie, une
sainte reconnaissance ; et lui, heureux et inquiet de cet abandon d'une âme pure, commençait à s'effrayer du sentiment qu'il in-
spirerait lorsqu'il voudrait rompre enfin la
glace.

Tandis qu'il se livrait avec crainte, et non
sans douceur, à un sentiment tout nouveau
pour lui (se consolant un peu de ses mé-
comptes par l'opinion où tout Venise était de
son triomphe), la Corilla sentait s'opérer en
elle aussi une sorte de transformation. Elle
aimait sinon avec noblesse, du moins avec
ardeur ; et son âme irritable et impérieuse
pliait sous le joug de son jeune Adonis. C'était
bien vraiment l'impudique Vénus éprise du

chasseur superbe, et pour la première fois
humble et craintive devant un mortel préféré. Elle se soumettait jusqu'à feindre des
vertus qui n'étaient point en elle, et qu'elle
n'affectait cependant point sans en ressentir
une sorte d'attendrissement voluptueux et
doux ; tant il est vrai que l'idolâtrie qu'on se
retire à soi-même, pour la reporter sur un
autre être, élève et ennoblit par instants les
âmes les moins susceptibles de grandeur et
de dévouement.

L'émotion qu'elle éprouvait réagissait sur
son talent, et l'on remarquait au théâtre
qu'elle jouait avec plus de naturel et de sen-
sibilité les rôles pathétiques. Mais comme son
caractère et l'essence même de sa nature
étaient pour ainsi dire brisés, comme il fallait une crise intérieure violente et pénible
pour opérer cette métamorphose, sa force
physique succombait dans la lutte ; et chaque

jour on s'apercevait avec surprise, les uns avec une joie maligne, les autres avec un effroi sérieux, de la perte de ses moyens. Sa voix s'éteignait à chaque instant. Les brillants caprices de son improvisation étaient trahis par une respiration courte et des intonations hasardées. Le déplaisir et la terreur qu'elle en ressentait achevaient de l'affaiblir; et, à la représentation qui précéda les débuts de Consuelo, elle chanta tellement faux et manqua tant de passages éclatants, que ses amis l'applaudirent faiblement et furent bientôt réduits au silence de la consternation par les murmures des opposants.

Enfin ce grand jour arriva, et la salle fut si remplie qu'on y pouvait à peine respirer. Corilla, vêtue de noir, pâle, émue, plus morte que vive, partagée entre la crainte de voir tomber son amant et celle de voir triompher sa rivale, alla s'asseoir au fond de sa petite loge obscure sur le théâtre. Tout le ban et l'arrière-ban des aristocraties et des beautés de Venise vinrent étaler les fleurs et les pierreries en un triple hémicycle étincelant. Les hommes *charmants* encombraient les coulisses et, comme c'était alors l'usage, une partie du théâtre. La dogaresse se montra à l'avant-scène avec tous les grands dignitaires de la république. Le Porpora dirigea l'orchestre en personne, et le comte Zustiniani attendit à la porte de la loge de Consuelo qu'elle eût achevé sa toilette, tandis qu'Anzoleto, paré en guerrier antique avec toute la coquetterie bizarre de l'époque, s'évanouissait dans la coulisse et avalait un grand verre de vin de Chypre pour se remettre sur ses jambes.

L'opéra n'était ni d'un classique ni d'un novateur, ni d'un ancien sévère ni d'un moderne audacieux. C'était l'œuvre inconnue d'un étranger. Pour échapper aux cabales

que son propre nom, ou tout autre nom célèbre, n'eût pas manqué de soulever chez
les compositeurs rivaux, le Porpora désirant,
avant tout, le succès de son élève, avait pro-
posé et mis à l'étude la partition d'*Ipermnestre*, début lyrique d'un jeune Allemand qui
n'avait encore en Italie, et nulle part au
monde, ni ennemis, ni séides, et qui s'appelait tout simplement monsieur Christophe
Gluck.

Lorsqu'Anzoleto parut sur la scène, un
murmure d'admiration courut dans toute la
salle. Le ténor auquel il succédait, admirable
chanteur, qui avait eu le tort d'attendre pour
prendre sa retraite que l'âge eût exténué sa
voix et enlaidi son visage, était peu regretté
d'un public ingrat; et le beau sexe, qui
écoute plus souvent avec les yeux qu'avec les
oreilles, fut ravi de voir, à la place de ce
gros homme bourgeonné, un garçon de vingt-

quatre ans, frais comme une rose, blond comme Phébus, bâti comme si Phidias s'en fût mêlé, un vrai fils des lagunes : *Bianco, crespo, e grassotto.*

Il était trop ému pour bien chanter son premier air ; mais sa voix magnifique, ses belles poses, quelques traits heureux et neufs suffirent pour lui conquérir l'engouement des femmes et des indigènes. Le débutant avait de grands moyens, de l'avenir : il fut applaudi à trois reprises et rappelé deux fois sur la scène après être rentré dans la coulisse, comme cela se pratique en Italie, et à Venise plus que partout ailleurs.

Ce succès lui rendit le courage ; et lorsqu'il reparût avec *Ipermnestre,* il n'avait plus peur. Mais tout l'effet de cette scène était pour Consuelo : on ne voyait, on n'écoutait plus qu'elle. On se disait : —La voilà, oui, c'est elle !

Qui? L'Espagnole? Oui, la débutante, l'a-
mante del *Zustiniani*.

Consuelo entra gravement et froidement.
Elle fit des yeux le tour de son public, reçut
les salves d'applaudissements de ses protec-
teurs avec une révérence sans humilité et
sans coquetterie, et entonna son récitatif
d'une voix si ferme, avec un accent si grandiose, et une sécurité si victorieuse, qu'à la
première phrase des cris d'admiration parti-
rent de tous les points de la salle. —Ah! le perfide s'est joué de moi, s'écria la Corilla en
lançant un regard terrible à Anzoleto, qui
ne put s'empêcher en cet instant de lever les
yeux vers elle avec un sourire mal déguisé.
Et elle se rejeta au fond de sa loge en fondant
en larmes.

Consuelo dit encore quelques phrases. On
entendit la voix cassée du vieux Lotti qui dis-

sait dans son coin : — *Amici miei, questo è un portento !*

Elle chanta son grand air de début, et fut interrompue dix fois ; on cria *bis !* on la rappela sept fois sur la scène ; il y eut des hurlements d'enthousiasme. Enfin la fureur du dilettantisme vénitien s'exhala dans toute sa fougue à la fois entraînante et ridicule. — Qu'ont-ils donc à crier ainsi? dit Consuelo en rentrant dans la coulisse pour en être arrachée aussitôt par les vociférations du parterre : on dirait qu'ils veulent me lapider. De ce moment on ne s'occupa plus que très secondairement d'Anzoleto. On le traita bien, parce qu'on était en veine de satisfaction ; mais la froideur indulgente avec laquelle on laissa passer les endroits défectueux de son chant, sans le consoler immodérément à ceux où il s'en releva, lui prouva que, si sa figure plaisait aux femmes, la majorité expansive et

bruyante, le public masculin, faisait bon
marché de lui et réservait ses tempêtes
d'exaltation pour la prima-donna. Parmi tous
ceux qui étaient venus avec des intentions
hostiles, il n'y en eut pas un qui hasarda un
murmure, et la vérité est qu'il n'y en eut
pas trois qui résistèrent à l'entraînement et
au besoin invincible d'applaudir la merveille
du jour.

La partition eut le plus grand succès,
quoiqu'elle ne fût point écoutée et que personne ne s'occupât de la musique en elle-
même. C'était une musique tout italienne,
gracieuse, modérément pathétique, et qui
ne faisait point encore pressentir, dit-on,
l'auteur d'*Alceste* et d'*Orphée*. Il n'y avait
pas assez de beautés frappantes pour cho-
quer l'auditoire. Dès le premier entr'acte, le
maëstro allemand fut rappelé devant le rideau avec le débutant, la débutante, voire

la Clorinda qui, grâce à la protection de Consuelo, avait nazillé le second rôle d'une voix pâteuse et avec un accent commun, mais dont les beaux bras avaient désarmé tout le monde : la Rosalba, qu'elle remplaçait, était fort maigre.

Au dernier entr'acte, Anzoleto, qui surveillait Corilla à la dérobée et qui s'était aperçu de son agitation croissante, jugea prudent d'aller la trouver dans sa loge pour prévenir quelque explosion. Aussitôt qu'elle l'aperçut, elle se jeta sur lui comme une tigresse, et lui appliqua deux ou trois vigoureux soufflets, dont le dernier se termina d'une manière assez crochue pour faire couler quelques gouttes de sang et laisser une marque que le rouge et le blanc ne purent ensuite couvrir. Le ténor outragé mit ordre à ces emportements par un grand coup de poing dans la poitrine, qui fit tomber la can-

tatrice à demi pâmée dans les bras de sa
sœur Rosalba. Infâme, traître, *buggiardo!*
murmura-t-elle d'une voix étouffée; ta
Consuelo et toi ne périrez que de ma main.

— Si tu as le malheur de faire un pas,
un geste, une inconvenance quelconque ce
soir, je te poignarde à la face de Venise, répondit Anzoleto pâle et les dents serrées, en
faisant briller devant ses yeux son couteau
fidèle qu'il savait lancer avec toute la dexté-
rité d'un homme des lagunes.

— Il le ferait comme il le dit, murmura
la Rosalba épouvantée. Tais-toi; allons-nous-
en, nous sommes ici en danger de mort.

— Oui, vous y êtes, ne l'oubliez pas, répondit Anzoleto; et se retirant, il poussa la
porte de la loge avec violence en les y enfer-
mant à double tour.

Bien que cette scène tragi-comique se fût
passée à la manière vénitienne dans un mezzo-

voce mystérieux et rapide, en voyant le débutant traverser rapidement les coulisses
pour regagner sa loge la joue cachée dans
son mouchoir, on se douta de quelque mi-
gnonne bisbille ; et le perruquier qui fut
appelé à rajuster les boucles de la coiffure du
prince grec et à replâtrer sa cicatrice , raconta à toute la bande des choristes et des
comparses, qu'une chatte amoureuse avait
joué des griffes sur la face du héros. Ledit
perruquier se connaissait à ces sortes de
blessures, et n'était pas novice confident de
pareilles aventures de coulisse. L'anecdote
fit le tour de la scène, sauta, je ne sais comment, par-dessus la rampe, et alla se promener de l'orchestre aux balcons , et de là
dans les loges, d'où elle redescendit, un peu
grossie en chemin, jusque dans les profon-
deurs du parterre. On ignorait encore les
relations d'Anzoleto avec Corilla ; mais quel-

ques personnes l'avaient vu empressé en ap-
parence auprès de la Clorinda , et le bruit
général fut que la *seconda-donna*, jalouse de
la *prima-donna*, venait de crever un œil
et de casser trois dents au plus. beau des
tenori.

Ce fut une désolation pour les uns (je devrais dire les unes), et un délicieux petit
scandale pour la plupart. On se demandait si
la représentation serait suspendue, si on verrait reparaître le vieux ténor Stefanini pour
achever le rôle, un cahier à la main. La toile
se releva, et tout fut oublié lorsqu'on vit revenir Consuelo aussi calme et aussi sublime
qu'au commencement. Quoique son rôle ne
fût pas extrêmement tragique , elle le rendit
tel par la puissance de son jeu et l'expression
de son chant. Elle fit verser des larmes ; et
quand le ténor reparut, sa mince égratignure
n'excita qu'un sourire. Mais cet incident ridi-

cule empêcha cependant son succès d'être aussi brillant qu'il eût pu l'être; et tous les honneurs de la soirée demeurèrent à Consuelo, qui fut encore rappelée et applaudie à la fin avec frénésie.

Après le spectacle on alla souper au palais Zustiniani, et Anzoleto oublia la Corilla, qu'il avait enfermée dans sa loge, et qui fut forcée d'en sortir avec effraction. Dans le tumulte qui suit dans l'intérieur du théâtre une représentation aussi brillante, on ne s'aperçut guère de sa retraite. Mais le lendemain cette porte brisée vint coïncider avec le coup de griffe reçu par Anzoleto, et c'est ainsi qu'on fut sur la voie de l'intrigue qu'il avait jusque là cachée si soigneusement.

A peine était-il assis au somptueux banquet que donnait le comte en l'honneur de Consuelo, et tandis que tous les abbés de la littérature vénitienne débitaient à la triom-

phatrice les sonnets et madrigaux improvisés
de la veille , un valet glissa sous l'assiette
d'Anzoleto un petit billet de la Corilla , qu'il
lut à la dérobée , et qui était ainsi conçu :
« Si tu ne viens me trouver à l'instant même,
je vais te chercher et faire un éclat, fusses-tu
au bout du monde, fusses-tu dans les bras de
ta Consuelo, trois fois maudite. » Anzoleto
feignit d'être pris d'une quinte de toux , et
sortit pour écrire cette réponse au crayon
sur un bout de papier réglé arraché dans
l'antichambre à un cahier de musique :
« Viens si tu veux ; mon couteau est toujours
prêt , et avec lui mon mépris et ma haine. »
Le despote savait bien qu'avec une nature
comme celle à qui il avait affaire, la peur était
le seul frein, la menace le seul expédient du
moment. Mais, malgré lui, il fut sombre et
distrait durant la fête ; et lorsqu'on se leva de
table, il s'esquiva pour courir chez la Corilla.

Il trouva cette malheureuse fille dans un
état digne de pitié. Aux convulsions avaient
succédé des torrents de larmes ; elle était assise à sa fenêtre, échevelée, les yeux meur-
tris de sanglots ; et sa robe, qu'elle avait déchirée de rage, tombait en lambeaux sur sa
poitrine haletante. Elle renvoya sa sœur et
sa femme de chambre ; et, malgré elle, un
éclair de joie ranima ses traits en se trouvant auprès de celui qu'elle avait craint de
ne plus revoir. Mais Anzoleto la connaissait
trop pour chercher à la consoler. Il savait
bien qu'au premier témoignage de pitié ou
de repentir, il verrait sa fureur se réveiller
et abuser de la vengeance. Il prit le parti de
persévérer dans son rôle de dureté inflexible ;
et bien qu'il fût touché de son désespoir, il
l'accabla des plus cruels reproches, et lui déclara qu'il venait lui faire d'éternels adieux.
Il l'amena à se jeter à ses pieds, à se traîner

sur ses genoux jusqu'à la porte et à implorer
son pardon dans l'angoisse d'une mortelle
douleur. Quand il l'eut ainsi brisée et anéantie, il feignit de se laisser attendrir ; et tout
éperdu d'orgueil et de je ne sais quelle émotion fougueuse, en voyant cette femme si
belle et si fière se rouler devant lui dans la
poussière comme une Madeleine pénitente,
il céda à ses transports et la plongea dans de
nouvelles ivresses. Mais en se familiarisant
avec cette lionne domptée, il n'oublia pas un
instant que c'était une bête féroce, et garda
jusqu'au bout l'attitude d'un maître offensé
qui pardonne.

L'aube commençait à poindre lorsque
cette femme, enivrée et avilie, appuyant
son bras de marbre sur le balcon humide du
froid matinal, et ensevelissant sa face pâle
sous ses longs cheveux noirs, se mit à se
plaindre d'une voix douce et caressante des

tortures que son amour lui faisait éprouver.
— Eh bien, oui, lui dit-elle, je suis jalouse;
et si tu le veux absolument, je suis pire que
cela, je suis envieuse. Je ne puis voir ma
gloire de dix années éclipsée en un instant
par une puissance nouvelle qui s'élève, et
devant laquelle une foule oublieuse et cruelle
m'immole sans ménagement et sans regret.
Quand tu auras connu les transports du
triomphe et les humiliations de la décadence,
tu ne seras plus si exigeant et si austère envers toi-même que tu l'es aujourd'hui envers moi. Je suis encore puissante, dis-tu;
comblée de vanités, de succès, de richesses,
et d'espérances superbes, je vais voir de nouvelles contrées, subjuguer de nouveaux
amants, charmer un peuple nouveau. Quand
tout cela serait vrai, crois-tu que quelque
chose au monde puisse me consoler d'avoir
été abandonnée de tous mes amis, chassée de

mon trône, et d'y voir monter devant moi
une autre idole? Et cette honte, la première
de ma vie, la seule dans toute ma carrière,
elle m'est infligée sous tes yeux; que dis-je!
elle m'est infligée par toi; elle est l'ouvrage
de mon amant, du premier homme que j'aie
aimée lâchement, éperdument! Tu dis encore que je suis fausse et méchante, que j'ai
affecté devant toi une grandeur hypocrite,
une générosité menteuse; c'est toi qui l'as
voulu ainsi, Anzoleto. J'étais offensée, tu
m'as prescrit de paraître tranquille, et je me
suis tenue tranquille; j'étais méfiante, tu
m'as commandé de te croire sincère, et j'a;
cru en toi; j'avais la rage et la mort dans
l'âme, tu m'as dit de sourire, et j'ai souri;
j'étais furieuse et désespérée, tu m'as ordonné de garder le silence, et je me suis tue.
Que pouvais-je faire de plus que de m'imposer un caractère qui n'était pas le mien, et

de me parer d'un courage qui m'est impossible? Et quand ce courage m'abandonne, quand ce supplice devient intolérable, quand je deviens folle et que mes tortures devraient briser ton cœur, tu me foules aux pieds, et tu veux m'abandonner mourante dans la fange où tu m'as plongée! O Anzoleto, vous avez un cœur de bronze, et moi je suis aussi peu de chose que le sable des grèves qui se laisse tourmenter et emporter par le flot rongeur. Ah! gronde-moi, frappe-moi, outrage-moi, puisque c'est le besoin de ta force; mais plains-moi du moins au fond de ton âme; et à la mauvaise opinion que tu as de moi, juge de l'immensité de mon amour, puisque je souffre tout cela et demande à le souffrir encore.

Mais écoute, mon ami, lui dit-elle avec plus de douceur et en l'enlaçant dans ses bras : ce que tu m'as fait souffrir n'est rien auprès de ce que j'éprouve en songeant à ton avenir et à ton propre bonheur. Tu es perdu, Anzoleto, cher Anzoleto! perdu sans retour. Tu ne le sais pas, tu ne t'en doutes pas; et moi je le vois, et je me dis : — Si du moins j'avais été sacrifiée à son ambition, si ma chute servait à édifier son triomphe! Mais non! elle n'a servi qu'à sa perte, et je suis l'instrument d'une rivale qui met son pied sur nos deux têtes!

— Que veux-tu dire, insensée? reprit Anzoleto; je ne te comprends pas.

— Tu devrais me comprendre pourtant! tu devrais comprendre du moins ce qui s'est passé ce soir. Tu n'as donc pas vu la froideur du public succéder à l'enthousiasme que ton premier air avait excité, après qu'elle a eu chanté, hélas! comme elle chantera toujours, mieux que moi, mieux que tout le monde, et faut-il te le dire? mieux que

toi, mille fois, mon cher Anzoleto. Ah! tu ne
vois pas que cette femme t'écrasera, et que
déjà elle t'a écrasé en naissant? Tu ne vois
pas que ta beauté est éclipsée par sa laideur;
car elle est laide, je le soutiens; mais je sais
aussi que les laides qui plaisent allument de
plus furieuses passions et de plus violents en-
gouements chez les hommes que les plus
parfaites beautés de la terre. Tu ne vois pas
qu'on l'idolâtre et que partout où tu seras
auprès d'elle, tu seras effacé et passeras ina-
perçu? Tu ne sais pas que pour se dévelop-
per et pour prendre son essor, le talent du
théâtre a besoin de louanges et de succès,
comme l'enfant qui vient au monde a besoin
d'air pour vivre et pour grandir; que la moindre rivalité absorbe une partie de la vie que
l'artiste aspire, et qu'une rivalité redoutable, c'est le vide qui se fait autour de nous,
c'est la mort qui pénètre dans notre âme!

Tu le vois bien par mon triste exemple : la seule appréhension de cette rivale que je ne connaissais pas, et que tu voulais m'empêcher de craindre, a suffi pour me paralyser depuis un mois; et plus j'approchais du jour de son triomphe, plus ma voix s'éteignait, plus je me sentais dépérir. Et je croyais à peine à ce triomphe possible! Que sera-ce donc maintenant que je l'ai vu certain, éclatant, inattaquable? Sais-tu bien que je ne peux plus reparaître à Venise, et peut-être en Italie sur aucun théâtre, parce que je serais démoralisée, tremblante, frappée d'impuissance? Et qui sait où ce souvenir ne m'atteindra pas, où le nom et la présence de cette rivale victorieuse ne viendront pas me poursuivre et me mettre en fuite? Ah! moi, je suis perdue; mais tu l'es aussi, Anzoleto. Tu es mort avant d'avoir vécu; et si j'étais aussi méchante que tu le dis, je m'en réjouirais,

je te pousserais à ta perte, et je serais ven-
gée; au lieu que je te le dis avec désespoir :
si tu reparais une seule fois auprès d'elle à
Venise, tu n'as plus d'avenir à Venise; si tu
la suis dans ses voyages, la honte et le néant
voyageront avec toi. Si, vivant de ses recet-
tes, partageant son opulence, et t'abritant
sous sa renommée, tu traînes à ses côtés une
existence pâle et misérable, sais-tu quel sera
ton titre auprès du public? Quel est, dira-
t-on en te voyant, ce beau jeune homme
qu'on aperçoit derrière elle? Rien, répondra-
t-on, moins que rien : c'est le mari ou l'a-
mant de la divine cantatrice.

Anzoleto devint sombre comme les nuées
orageuses qui montaient à l'orient du ciel.
Tu es une folle, chère Corilla, répondit-il;
la Consuelo n'est pas aussi redoutable pour
toi que tu te l'es représentée aujourd'hui
dans ton imagination malade. Quant à moi,

je te l'ai dit, je ne suis pas son amant, je ne
serai sûrement jamais son mari, et je ne vi-
vrai pas comme un oiseau chétif sous l'ombre de ses larges ailes. Laisse-la prendre son
vol. Il y a dans le ciel de l'air et de l'espace
pour tous ceux qu'un essor puissant enlève
de terre. Tiens, regarde ce passereau ; ne
vole-t-il pas aussi bien sur le canal que le
plus lourd goëland sur la mer? Allons ! trêve
à ces rêveries ! le jour me chasse de tes bras.
A demain. Si tu veux que je revienne, reprends cette douceur et cette patience qui
m'avaient charmé, et qui vont mieux à ta
beauté que les cris et les emportements de la
jalousie.

Anzoleto, absorbé pourtant dans de noires
pensées, se retira chez lui, et ce ne fut que
couché et prêt à s'endormir, qu'il se demanda qui avait dû accompagner Consuelo
au sortir du palais Zustiniani pour la rame-

ner chez elle. C'était un soin qu'il n'avait jamais laissé prendre à personne. — Après tout,
se dit-il en donnant de grands coups de poing
à son oreiller pour l'arranger sous sa tête,
si la destinée veut que le comte en vienne à
ses fins, autant vaut pour moi que cela arrive plus tôt que plus tard !

18

Lorsque Anzoleto s'éveilla, il sentit se réveiller aussi la jalousie que lui avait inspirée le comte Zustiniani. Mille sentiments contraires se partageaient son âme. D'abord cette autre jalousie que la Corilla avait éveillée en lui pour le génie et le succès de Con-

suelo. Celle-là s'enfonçait plus avant dans
son sein, à mesure qu'il comparait le triomphe de sa fiancée à ce que, dans son ambition trompée, il appelait sa propre chute.
Ensuite l'humiliation d'être supplanté peut-
être dans la réalité, comme il l'était déjà
dans l'opinion, auprès de cette femme désormais célèbre et toute-puissante dont il
était si flatté la veille d'être l'unique et sou-
verain amour. Ces deux jalousies se dispu-
taient dans sa pensée, et il ne savait à laquelle se livrer pour éteindre l'autre. Il avait
à choisir entre deux partis : ou d'éloigner
Consuelo du comte et de Venise, et de chercher avec elle fortune ailleurs, ou de l'abandonner à son rival, et d'aller au loin tenter
seul les chances d'un succès qu'elle ne viendrait plus contrebalancer. Dans cette incertitude de plus en plus poignante, au lieu
d'aller reprendre du calme auprès de sa vé-

ritable amie, il se lança de nouveau dans l'orage en retournant chez la Corilla. Elle attisa le feu en lui démontrant, avec plus de force que la veille, tout le désavantage de sa position. — Nul n'est prophète en son pays, lui dit-elle; et c'est déjà un mauvais milieu pour toi que la ville où tu es né, où l'on t'a vu courir en haillons sur la place publique, où chacun peut se dire (et Dieu sait que les nobles aiment à se vanter de leurs bienfaits, même imaginaires, envers les artistes) : « C'est moi qui l'ai protégé; je me suis aperçu le premier de son talent; c'est moi qui l'ai recommandé à celui-ci, c'est moi qui l'ai préféré à celui-là. » Tu as beaucoup trop vécu ici au grand air, mon pauvre Anzolo; ta charmante figure avait frappé tous les passants avant qu'on sût qu'il y avait en toi de l'avenir. Le moyen d'éblouir des gens qui t'ont vu ramer sur leur gondole, pour gagner quelques sous, en leur chantant les strophes du Tassé, ou faire leurs commissions pour avoir de quoi souper! Consuelo, laide et menant une vie retirée, est ici une merveille étrangère. Elle est Espagnole d'ailleurs, elle n'a pas l'accent vénitien. Sa prononciation belle, quoiqu'un peu singulière, leur plairait encore, quand même elle serait détestable : c'est quelque chose dont leurs oreilles ne sont pas rebattues. Ta beauté a été pour les trois quarts dans le petit succès que tu as eu au premier acte. Au dernier on y était déjà habitué.

— Dites aussi que la belle cicatrice que vous m'avez faite au-dessous de l'œil, et que je ne devrais vous pardonner de ma vie, n'a pas peu contribué à m'enlever ce dernier, ce frivole avantage.

— Sérieux au contraire aux yeux des femmes, mais frivole à ceux des hommes.

Avec les unes, tu régneras dans les salons ; sans les autres, tu succomberas au théâtre. Et comment veux-tu les occuper, quand c'est une femme qui te les dispute? une femme qui subjugue non seulement les dilettanti sérieux, mais qui enivre encore, par sa grâce et le prestige de son sexe, tous les hommes qui ne sont point connaisseurs en musique ! Ah! que pour lutter avec moi, il a fallu de talent et de science à Stefanini, à Saverio, et à tous ceux qui ont paru avec moi sur la scène !

— A ce compte, chère Corilla, je courrais autant de risques en me montrant auprès de toi, que j'en cours auprès de la Consuelo. Si j'avais eu la fantaisie de te suivre en France, tu me donnerais là un bon avertissement.

Ces mots échappés à Anzoleto furent un trait de lumière pour la Corilla. Elle vit

qu'elle avait frappé plus juste qu'elle ne s'en
flattait encore ; car la pensée de quitter Venise s'était déjà formulée dans l'esprit de son
amant. Dès qu'elle conçut l'espoir de l'entraîner avec elle, elle n'épargna rien pour
lui faire goûter ce projet. Elle s'abaissa elle-
même tant qu'elle put, et elle se mit au-dessous de sa rivale avec une modestie sans
bornes. Elle se résigna même à dire qu'elle
n'était ni assez grande cantatrice, ni assez
belle pour allumer des passions dans le public. Et comme tout cela était plus vrai qu'elle
ne le pensait en le disant, comme Anzoleto
s'en apercevait de reste, et ne s'était jamais
abusé sur l'immense supériorité de Consuelo,
elle n'eut pas de peine à le lui persuader.
Leur association et leur fuite furent donc à
peu près résolues dans cette séance ; et Anzoleto y songeait sérieusement, bien qu'il se
gardât toujours une porte de derrière pour

échapper à cet engagement dans l'occasion.

Corilla, voyant qu'il lui restait un fond
d'incertitude, l'engagea fortement à conti-
nuer ses débuts, le flattant de l'espérance
d'un meilleur sort pour les autres représentations ; mais bien certaine, au fond, que ces
épreuves malheureuses le dégoûteraient com-
plétement et de Venise et de Consuelo.

En sortant de chez sa maîtresse, il se rendit chez son amie. Un invincible besoin de la
revoir l'y poussait impérieusement. C'était
la première fois qu'il avait fini et commencé
une journée sans recevoir son chaste baiser
au front. Mais comme, après ce qui venait
de se passer avec la Corilla, il eût rougi de sa
versatilité, il essaya de se persuader qu'il allait chercher auprès d'elle la certitude de son
infidélité, et le désabusement complet de son
amour. Sans nul doute, se disait-il, le comte

aura profité de l'occasion et du dépit causé
par mon absence, et il est impossible qu'un
libertin tel que lui se soit trouvé avec elle
la nuit en tête-à-tête, sans que la pauvrette
ait succombé. Cette idée lui faisait pourtant
venir une sueur froide au visage ; s'il s'y arrêtait, la certitude du remords et du désespoir de Consuelo brisait son âme, et il hâtait
le pas, s'imaginant la trouver noyée de larmes. Et puis une voix intérieure, plus forte
que toutes les autres, lui disait qu'une chute
aussi prompte et aussi honteuse était impossible à un être aussi pur et aussi noble ; et il
ralentissait sa marche en songeant à lui-
même, à l'odieux de sa conduite, à l'égoïsme
de son ambition, aux mensonges et aux reproches dont il avait rempli sa vie et sa conscience.

Il trouva Consuelo dans sa robe noire, devant sa table, aussi sereine et aussi sainte

dans son attitude et dans son regard qu'il
l'avait toujours vue. Elle courut à lui avec la
même effusion qu'à l'ordinaire, et l'interro-
gea avec inquiétude, mais sans reproche et
sans méfiance, sur l'emploi de ce temps passé loin d'elle. — J'ai été souffrant, lui répondit-il avec l'abattement profond que lui causait son humiliation intérieure. Ce coup que
je me suis donné à la tête contre un décor,
et dont je t'ai montré la marque en te disant que ce n'était rien, m'a pourtant causé
un si fort ébranlement au cerveau qu'il m'a
fallu quitter le palais Zustiniani dans la
crainte de m'y évanouir, et que j'ai eu besoin de garder le lit toute la matinée.

— O mon Dieu ! dit Consuelo en baisant
la cicatrice faite par sa rivale; tu as souffert,
et tu souffres encore ?

— Non, ce repos m'a fait du bien. N'y

songe plus, et dis-moi comment tu as fait
pour revenir toute seule cette nuit?

— Toute seule? Oh! non, le comte m'a
ramenée dans sa gondole.

— Ah! j'en étais sûr! s'écria Anzoleto
avec un accent étrange. Et sans doute... il
t'a dit de bien belles choses dans ce tête-à-
tête?

— Qu'eût-il pu me dire qu'il ne m'ait dit
cent fois devant tout le monde? Il me gâte,
et me donnerait de la vanité si je n'étais en
garde contre cette maladie. D'ailleurs, nous
n'étions pas tête-à-tête; mon bon maître a
voulu m'accompagner aussi. Oh! l'excellent
ami!

— Quel maître? quel excellent ami? dit
Anzoleto rassuré et déjà préoccupé.

— Eh! le Porpora! A quoi songes-tu
donc?

— Je songe, chère Consuelo, à ton

triomphe d'hier soir; et toi, y songes-tu?

— Moins qu'au tien, je te jure!

— Le mien! Ah! ne me raille pas, ma belle amie; le mien a été si pâle qu'il ressemblait beaucoup à une chute.

Consuelo pâlit de surprise. Elle n'avait pas eu, malgré sa fermeté remarquable, tout le sang-froid nécessaire pour apprécier la différence des applaudissements qu'elle et son amant avaient recueillis. Il y a dans ces sortes d'ovations un trouble auquel l'artiste le plus sage ne peut se dérober, et qui fait souvent illusion à quelques-uns, au point de leur faire prendre l'appui d'une cabale pour la clameur d'un succès. Mais au lieu de s'exagérer l'amour de son public, Consuelo, presque effrayée d'un bruit si terrible, avait eu peine à le comprendre, et n'avait pas constaté la préférence qu'on lui avait donnée sur Anzoleto. Elle le gronda naïvement de son

exigence envers la fortune ; et voyant qu'elle
ne pouvait ni le persuader ni vaincre sa tristesse, elle lui reprocha doucement d'être
trop amoureux de la gloire, et d'attacher
trop de prix à la faveur du monde. — Je te
l'ai toujours prédit, lui dit-elle, tu préfères
les résultats de l'art à l'art lui-même. Quand
on a fait de son mieux, quand on sent qu'on
a fait bien, il me semble qu'un peu plus ou
un peu moins d'approbation n'ôte ni n'ajoute
rien au contentement intérieur. Souviens-
toi de ce que me disait le Porpora la première fois que j'ai chanté au palais Zustiniani : Quiconque se sent pénétré d'un amour
vrai pour son art ne peut rien craindre...

— Ton Porpora et toi, interrompit Anzoleto avec humeur, pouvez bien vous nourrir de
ces belles maximes. Rien n'est si aisé que de
philosopher sur les maux de la vie quand on
n'en connaît que les biens. Le Porpora, quoique

pauvre et contesté, a un nom illustre. Il a cueilli assez de lauriers pour que sa vieille tête puisse blanchir en paix sous leur ombre. Toi qui te sens invincible, tu es inaccessible à la peur. Tu t'elèves du premier bond au sommet de l'échelle, et tu reproches à ceux qui n'ont pas de jambes d'avoir le vertige. C'est peu charitable, Consuelo, et souverainement injuste. Et puis ton argument ne m'est pas applicable : tu dis que l'on doit mépriser l'assentiment du public quand on a le sien propre; mais si je ne l'ai pas, ce témoignage intérieur d'avoir bien fait? Et ne vois-tu pas que je suis horriblement mécontent de moi-même? N'as-tu pas vu que j'étais détestable? N'as-tu pas entendu que j'ai chanté pitoyablement?

— Non, car cela n'est pas. Tu n'as été ni au-dessus ni au-dessous de toi-même. L'émotion que tu éprouvais n'a presque rien ôté à tes moyens. Elle s'est vite dissipée d'ailleurs, et les choses que tu sais bien, tu les a bien rendues.

—Et celles que je ne sais pas ? dit Anzoleto en fixant sur elle ses grands yeux noirs creusés par la fatigue et le chagrin.

Elle soupira et garda un instant le silence, puis elle lui dit en l'embrassant : — Celles que tu ne sais pas, il faut les apprendre. Si tu avais voulu étudier sérieusement pendant les répétitions... Te l'ai-je dit ? Mais ce n'est pas le moment de faire des reproches, c'est le moment au contraire de tout réparer. Voyons, prenons seulement deux heures par jour, et tu verras que nous triompherons vite de ce qui t'arrête.

— Sera-ce donc l'affaire d'un jour ?

— Ce sera l'affaire de quelques mois tout au plus.

— Et cependant je joue demain ! je con-

tinue à débuter devant un public qui me
juge sur mes défauts beaucoup plus que sur
mes qualités.

—Mais qui s'apercevra bien de tes progrès.

— Qui sait? S'il me prend en aversion?

— Il t'a prouvé le contraire.

—Oui! tu trouves qu'il a été indulgent
pour moi?

—Eh bien, oui, il l'a été, mon ami. Là où
tu as été faible, il a été bienveillant; là où tu
as été fort, il t'a rendu justice.

—Mais, en attendant, on va me faire en
conséquence un engagement misérable.

—Le comte est magnifique en tout et
n'épargne pas l'argent. D'ailleurs ne m'en
offre-t-il pas plus qu'il ne nous en faut pour
vivre tous deux dans l'opulence?

—C'est cela! je vivrais de ton succès!

—J'ai bien assez longtemps vécu de ta
faveur.

— Ce n'est pas de l'argent qu'il s'agit.
Qu'il m'engage à peu de frais, peu importe ;
mais il m'engagera pour les seconds ou les
troisièmes rôles.

— Il n'a pas d'autre *primo-uomo* sous la
main. Il y a lontemps qu'il compte sur toi et
ne songe qu'à toi. D'ailleurs il est tout porté
pour toi. Tu disais qu'il serait contraire à
notre mariage ! Loin de là, il semble le désirer, et me demande souvent quand je l'invi-
terai à ma noce.

— Ah ! vraiment ? C'est fort bien ! Grand
merci, monsieur le comte !

— Que veux-tu dire ?

— Rien. Seulement, Consuelo, tu as eu
grand tort de ne pas m'empêcher de débuter
jusqu'à ce que mes défauts, que tu connaissais si bien, se fussent corrigés dans de
meilleures études. Car tu les connais, mes défauts, je le répète.

— Ai-je manqué de franchise? ne t'ai-je pas averti souvent? Mais tu m'as toujours dit que le public ne s'y connaissait pas; et quand j'ai su quel succès tu avais remporté chez le comte la première fois que tu as chanté dans son salon, j'ai pensé que...

— Que les gens du monde ne s'y connaissaient pas plus que le public vulgaire?

— J'ai pensé que tes qualités frapperaient plus que tes défauts; et il en a été ainsi, ce me semble, pour les uns comme pour l'autre.

— Au fait, pensa Anzoleto, elle dit vrai, et si je pouvais reculer mes débuts... Mais c'est courir le risque de voir appeler à ma place un ténor qui ne me la céderait plus.

— Voyons! dit-il après avoir fait plusieurs tours dans la chambre, quels sont donc mes défauts?

— Ceux que je t'ai dits souvent, trop de hardiesse et pas assez de préparation; une

énergie plus fiévreuse que sentie ; des effets
dramatiques qui sont l'ouvrage de la volonté
plus que ceux de l'attendrissement. Tu ne
t'es pas pénétré de l'ensemble de ton rôle.
Tu l'as appris par fragments. Tu n'y as vu
qu'une succession de morceaux plus ou moins
brillants. Tu n'en as saisi ni la gradation, ni
le développement, ni le résumé. Pressé de
montrer ta belle voix et l'habileté que tu as
à certains égards, tu as donné ton dernier
mot presqu'en entrant en scène. A la moindre occasion, tu as cherché un effet, et tous
tes effets ont été semblables. A la fin du premier acte, on te connaissait, on te savait
par cœur ; mais on ne savait pas que c'était
tout, et on attendait quelque chose de pro-
digieux pour la fin. Ce quelque chose n'était
pas en toi. Ton émotion était épuisée, et ta
voix n'avait plus la même fraîcheur. Tu l'as
senti, tu as forcé l'une et l'autre ; on l'a

senti aussi, et l'on est resté froid, à ta grande surprise, au moment où tu te croyais le plus pathétique. C'est qu'à ce moment-là on ne voyait pas l'artiste inspiré par la passion, mais l'acteur aux prises avec le succès.

— Et comment donc font les autres? s'écria Anzoleto en frappant du pied. Est-ce que je ne les ai pas entendus, tous ceux qu'on a applaudis à Venise depuis dix ans? Est-ce que le vieux Stefanini ne criait pas quand la voix lui manquait? Et cependant on l'applaudissait avec rage.

— Il est vrai, et je n'ai pas compris que le public pût s'y tromper. Sans doute on se souvenait du temps où il y avait eu plus de puissance, et on ne voulait pas lui faire sentir le malheur de son âge.

—Et la Corilla, voyons, cette idole que tu renverses, est-ce qu'elle ne forçait pas les situations, est-ce qu'elle ne faisait pas des efforts pénibles à voir et à entendre? Est-ce qu'elle était passionnée tout de bon, quand on la portait aux nues?

— C'est parce que j'ai trouvé ses moyens factices, ses effets détestables, son jeu comme son chant dépourvus de goût et de grandeur, que je me suis présentée si tranquillement sur la scène, persuadée comme toi que le public ne s'y connaissait pas beaucoup.

— Ah! dit Anzoleto avec un profond soupir, tu mets le doigt sur ma plaie, pauvre Consuelo!

— Comment cela, mon bien aimé?

— Comment cela, tu me le demandes? Nous nous étions trompés, Consuelo. Le public s'y connaît. Son cœur lui apprend ce que son ignorance lui voile. C'est un grand enfant qui a besoin d'amusement et d'émotion. Il se contente de ce qu'on lui donne; mais qu'on lui montre quelque chose de mieux, et le voilà qui compare et qui comprend. La Corilla pouvait encore le charmer la semaine dernière, bien qu'elle chantât faux et manquât de respiration. Tu parais, et la Corilla est perdue; elle est effacée, enterrée. Qu'elle reparaisse, on la sifflera. Si j'avais débuté auprès d'elle, j'aurais eu un succès complet comme celui que j'ai eu chez le comte, la première fois que j'ai chanté après elle. Mais auprès de toi, j'ai été éclipsé. Il en devait être ainsi, et il en sera toujours ainsi. Le public avait le goût du clinquant. Il prenait des oripeaux pour des pierreries; il en était ébloui. On lui montre un diamant fin, et déjà il ne comprend plus qu'on ait pu le tromper si grossièrement. Il ne peut plus souffrir les diamants faux, et il en fait justice. Voilà mon malheur, Consuelo: c'est d'avoir été produit, moi, verroterie de Venise, à côté d'une perle sortie du fond des mers.

Consuelo ne comprit pas tout ce qu'il y avait d'amertume et de vérité dans ces réflexions. Elle les mit sur le compte de l'amour de son fiancé, et ne répondit à ce qu'elle prit pour de douces flatteries, que par des sourires et des caresses. Elle prétendit qu'il la surpasserait, le jour où il voudrait s'en donner la peine, et releva son courage en lui persuadant que rien n'était plus facile que de chanter comme elle. Elle était de bonne foi en ceci, n'ayant jamais été arrêtée par aucune difficulté, et ne sachant pas que le travail même est le premier des obstacles, pour quiconque n'en a pas l'amour et la persévérance.

FIN DU PREMIER VOLUME

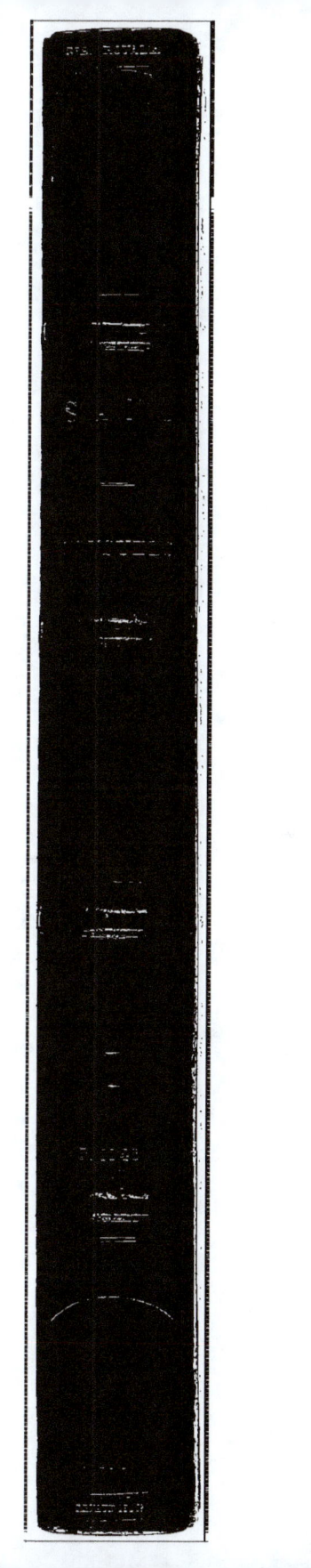